Carmine Abate
Vivere per addizione
e altri viaggi

足し算の生

カルミネ・アバーテ
栗原俊秀 訳・解説

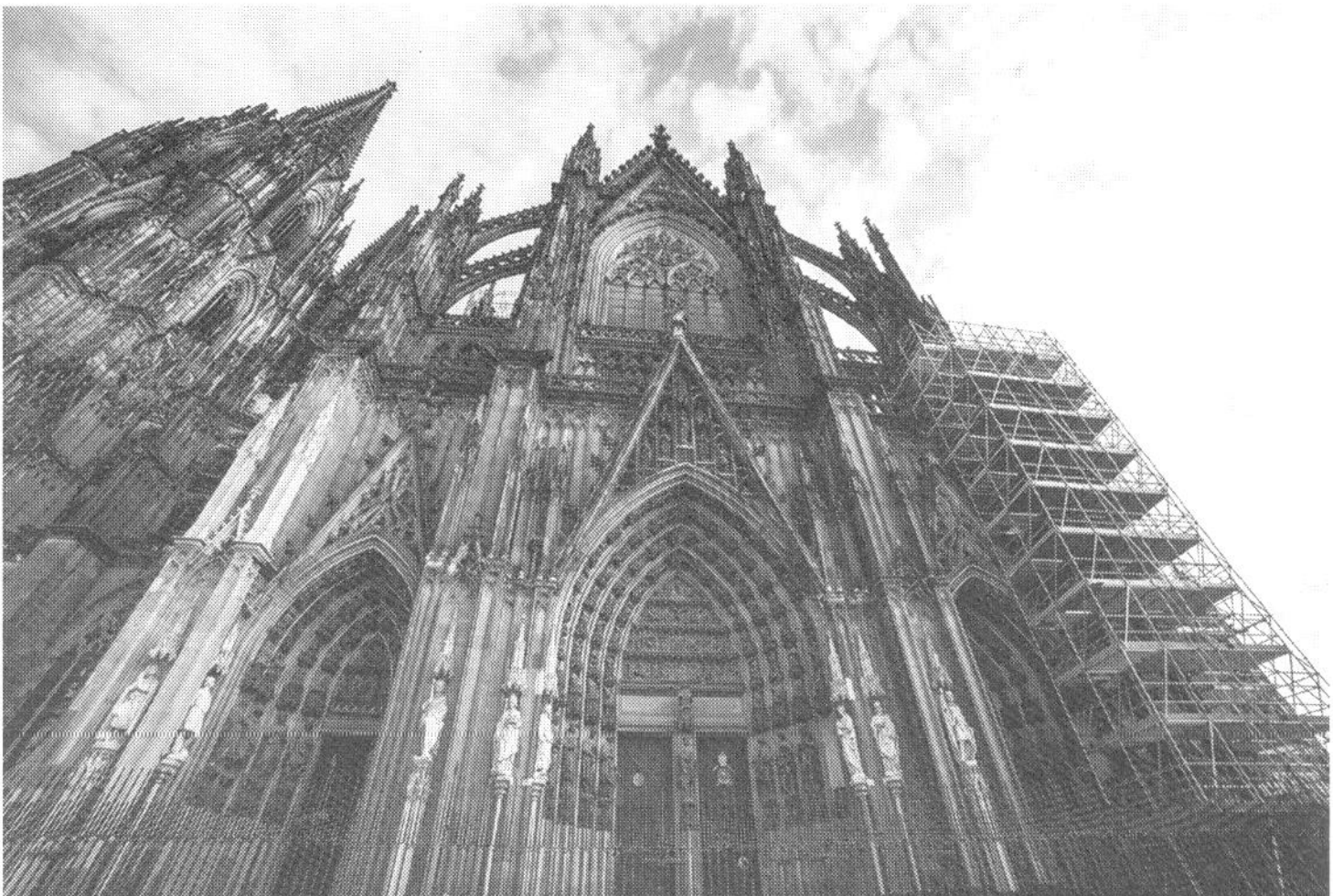

未知谷
Publisher Michitani

足し算の生

目次

往還のプロローグ　9

そのほかの旅　35

マイケ　＋《足す》　ミケーレ　＋《足す》　クリスティアンへ

ここに書かれた旅は、遠くから出発して
私たちの「場所」と「時」に到着しました
感謝とともに、きみたちを抱きしめるために

足し算の生

旅立つ前から
私は帰りはじめた
そして帰るたびに
旅立つ準備をしている
（ジュゼッペ・ジャンブッソ『旅立ち』）

往還のプロローグ

母との旅路

列車が大きな音を立てて停まるたび、母は心配そうな表情を浮かべながら、栗色の旅行かばんの方を見やった。不安と苦悶が母の額に、幾筋もの小さな皺《しわ》をきざんでいる。「ドイツに着いたのかしら?」母は気忙《きぜわ》しく私に尋ねた。

「まだだよ。カラブリアを発ってから、まだ六時間しかたってないじゃないか。もう少しの辛抱だよ、母さん」大人びた心遣いをこめて、私はそう返事した。私は若かった。正確を期するなら、あのころは高校の最終学年に通っていた。それは私にとっても、生まれてはじめての外国行きだった。けれど私は生涯にわたって、この旅を心待ちにしていた。ハンブルクの道々で繰り広げられる冒険に身を投げ出す瞬間を、じりじりと待ち構えていた。この街については子どものときから、胸をわくわくさせるような物語を何度も聞かされてきた。

「もう着いたの？」列車が駅に停まると、また母が繰りかえした。そのあいだも、謎めいた不安の色を瞳に浮かべ、栗色のかばんの方にちらちらと視線を送っていた。母を落ちつかせようとして、私は母に笑いかけた。故郷から離れることが、容易であるはずはない。母は私と違って、短期の滞在のためではなく、引っ越しのためにドイツに行くのだ。「着いたと言ってちょうだい！」

ドイツにはいつまでも着かなかった。

コンパートメントには、私と母のほかに客はいなかった。時間をやり過ごすための新聞も本もなかった。代わりに私たちは、食べ物をいっぱいに詰めこんだ、いくつもの箱やらかばんやらに囲まれていた。旅のあいだに自分たちが食べるため、そしてなにより、ハンブルクで待っている父に食べさせてやるためのものだった。

私は食べることで退屈を紛らした。ラザニア、かたゆで卵、ソップレッサータ〔豚肉のサラミソーセージ〕をはさんだパン、プローヴォラチーズをはさんだパン、くるみ、洋梨、干しいちじく。隣では母が、背中や、右腕や、心臓の痛みを訴えている。

「もう耐えられないわ、いつになったら着くの？　あすこで光っているのがハンブルク？」

「母さん、まだイタリアだよ。ここはミラノ。夜が明けて、それから何時間か過ぎて、それでようやくハンブルクだよ」

母は長いあいだ、窓の外の暗闇と茶色いかばんのあいだで、視線を行ったり来たりさせていた。

「なにか探してるの？」もう何度目かわからない往復のあとで、私は尋ねた。

「別になにも。かばんのなかに、幸運を呼ぶコーヒーカップが入ってるのよ。それが割れやしないか心配なの」秘密でも打ち明けるような小さな声で、母は答えた。でも……と母は付け加えた。カップにはタンクトップ三枚を巻きつけてある。それに、かばんのなかでもいちばん柔らかな場所、ウールのセーターのあいだに、そっと寝かせてあるの。

「大丈夫だって、母さん。割れるわけないさ」

そのカップのことならよく知っていた。母がコーヒーを飲むときかならず使い、ソーサーといっしょに洗われたあとは、食器棚でなくテーブルの上に置かれ、次の出番を待っていたカップだ。私の見るところ、コーヒーを飲むことは母にとって、不安を払いのけるための手段だった。高血圧だというのに、日に五杯も六杯もコーヒーを飲んだ。暖かなカップをきゅっと握り、形を整えようとするみたいに胴体を優しくなで、それから、磁器のソーサーにあしらわれた花輪の柄のなかにある、母の目にだけ映る魔法と秘密の場所をじっと見つめて、ゆっくりとコーヒーをすすり飲む。

「村に残していく気にはなれなかったの。ひとりぼっちにしたら気の毒でしょう？」大切な家族について話すかのように、母は言い足した。「お父さんからの贈り物よ。こんな垢抜けたものをもらったのは、あとにも先にもこれきりだった、結婚したときの宝石やアクセサリーを別にすればね」

（そら、始まるぞ）私は思った。そして、思ったとおりになった。母は感極まっている、結婚式に話が及ぶたび、母は感極まってしまうのだった。「そんなにたいした式じゃなかったのよ、ビル〔著者の土地の言葉で「息子」の意〕。私の父、あなたのおじいさんがもう死にかけだったから、式の日取りを早めたの。おじいさんが亡くなりでもしたら、短くても一年は喪に服さないといけないから。そうしたら、あなたは、私たちの最初のビルは、あの秋に生まれることはなかっただろうし、たぶんその先も生まれなかった。私たちはなにがなんでも、あなたに生まれてきてほしかったの。もたもたしてたら、運命がどんな気まぐれを起こすかわかりませんからね。私たちは待たなかった。というか、もう待ちすぎているくらいだった。だけど、ほんとうのことを言うなら、自分が結婚する日ぐらいは、ばら色の一日になることを夢見てた。悲しみでなく、喜びで胸がはり裂けることを願っていた。現実は、なかなか思いどおりにならないものね。あなたのおじいさんが寝床で死にかけるなか、同じ屋根の下で、私たちはむりやりにお祝いをしたの。沈んだ気持ちを振りはらって、なんとか口もとに笑みを浮かべようとした。嬉しいことに、九か月後にはあなたが、その一年後にはあなたの妹が生まれてきた。若夫婦とふたりの子どもの食いぶちを稼ぐのは、お父さんにとって簡単なことではなかった。未来が見とおせない日々を送るなか、お父さんは発つことに決めた。仕方なかったのよ。お父さんはひとりきりで出発した。家族連れの移民は、あまり歓迎されないから。そうやって、今日までの年月が流れた。あなたが四歳のとき、お父さんはフランスに行った。六歳のときに、今度はドイツに行った。あのコーヒーカップは、お父さんがパリで見つけたのよ。いっしょに買ってきてくれたソーサーにぴったりで、いっしょに置いておくと天国の景色を見ているようでしょ？　村中どの家を探したって、あんな垢抜けたコーヒーカップはほかにないわ。いちばん裕福なお宅の食器棚にだって、ぜったいにあるもんですか」

不意に母は微笑んだ。この旅に満足しているらしい。そして、いまごろは鳥や蟻が、自宅の菜園を好き放題に荒らしているだろうと、くやしそうな口調でひとりごちた。立派な茄子、赤く燃えるような唐辛子、汁気をたっぷり含んだトマト、熟しきった黒いちじく……やがて気を取り直し、真剣な面持ちで言った。「故郷を離れるのはつらいけど、仕方ないわ。あなたの妹はお嫁に行ったから、お父さんがドイツで犠牲を捧げるのもあと数年よ。あなたが大学を卒業すれば、お父さんは帰ってこられる。それに、これからはもう、二重三重の犠牲を払うことはない。お父さんは何年も何年も、孤独な毎日を送ってきた。でも、明日からは私がいる。汚れ物を洗うのも、工場から戻ってきたお父さんのために辛いパスタを用意するのも、ぜんぶ私の役目よ」

ローマとミラノでの停車時間も含めると、旅はほとんど四十時間も続いた。ハンブルク＝

アルトナ駅で、父が私たちふたりを待っていた。私たちはしばらくのあいだ、時間の外で宙づりになったように、三人でひしと抱き合っていた。子どものころに感じた暖かさを思い出した。まだ父が家にいたころ、雷がとどろく夜には、ベッドのなかで固く抱きしめてもらったものだった。

「栗色のかばんは丁寧にね」母が父に言った。父は私たちの荷物を、セメント袋みたいに手押し車に放っているところだった。いかにも肉体労働者らしい、荒っぽいやり方だ。「栗色のかばんは丁寧にね」母は繰り返した。

そのあと、古い建物のぐらぐらする木の階段をのぼり、四階にある家に入った。私たちの到着に合わせて、父が間借りした部屋だった。それ以前は、会社が提供するバラックの大部屋で、ほかの外国人労働者といっしょに暮らしていた。

狭いリビングの床のうえに、かばんやら包みやらが所狭しと並べられた。母は、そのほかの荷物にはいっさい関心を示すことなく、息せき切って栗色のかばんの口を開いた。セーターに挟まれた、中心の柔らかな部分に手を突っこみ、ぐるぐるに巻かれたタンクトップを外に取り出す。そうしてついに、磁器のソーサーといっしょに、コーヒーカップを解放してやることができた。「よかった、無事だわ」そう言ってため息をつくと、額に張りついていた小さな皺の蜘蛛の巣が、すうっと消えていった。それから、背の低いテーブルの上にカップを置き、いましがた目を覚ましたばかりのように笑みを浮かべた。

黄色いカップが、橙《だいだい》と菫《すみれ》色の花弁に囲まれて輝きを放っている。緑色の茎と葉が優しく絡まり合い、ソーサーの花々に飛びこんでいく。陽の光に覆われたこの小さな野原を、郷愁の念を隠そうともせずに、母はほれぼれと眺めていた。それは過去への郷愁ではなく、父のかたわらでずっと夢見てきた、薔薇《ばら》色の未来への郷愁だった。「さて、おいしいコーヒーを淹れましょうか。コーヒーを飲まなけりゃ始まらないもの」幸福感でいっぱいの顔でそう言うと、コーヒーメーカーを探しに台所へ向かった。

父と私は驚いたように顔を見合わせた。とはいえ、長旅を終えたばかりの母が、きびきびと活力にあふれていることに驚いたわけではない（そもそも母は、まだ四十を過ぎたばかりだった）。それよりも、まるでずっとそこに暮らしていたかのように、母が確信をもって台所を歩きまわっていることに、驚かずにいられなかったのだ。

ごぼごぼと音を立てる六人用のコーヒーメーカーを持って、母は居間に戻ってきた。まずは僕と父の、なんの変哲もない白のカップに、それから、花咲きこぼれるみずからのカップにコーヒーをそそいだ。ようやく落ちついたらしかった。たぶん、幸せをかみしめている。そして、ハンブルクでどんな生活が待っているかまだわからないのに、私にこんなことを言った。「夏が終わっても、ここにいられればいいのにね。あなたが村に帰ったら、きっとさみしくなるわ」

同意の気持ちを込めて、私は母に笑いかけた。開け放しにされた窓から、ハンブルク＝アルトナ駅の騒音が聞こえてくる。私は街を見てまわりたい欲求に駆られていた。港、エルベ川、大聖堂、赤いネオンに照らされたザンクト・パウリの界隈……どれもこれも、父が驚嘆とともに語って聞かせてくれた場所だ。父と母は、クリスマスに会って以来だというのに、自分たちのことではなく私のことを、私の未来のことを話していた。両親はかわるがわる口を開いた。息子の未来は、陽光を浴びるコーヒーカップの野原のように、明るい輝きを放っている。なぜなら、自分たちの息子は優秀だし、まだ若いし、その瞳には力強い光が宿っているから。じきに息子は教員免状を取得し、最高の成績で大学を卒業することだろう。私は黙って聞いていた。私のために、輝かしい私の未来のために、ふたりはドイツで、これで最後となる数年間の犠牲を払おうとしているのだ。もういいよと叫びたい気分だった。期待されればされるほど、責任が重くのしかかる。坂道をのぼるロバのように、どこかでへたりこんでしまうかもしれない。けれど両親は構わず続けた。いつの日か、カラブリアの村にいっしょに帰ろう。私たちの村で、みんないっしょに、ずっと暮らそう。私はひたすら、コーヒーと夢をすすっていた。父が吸うたばこの煙があたりに漂い、母は祈りでも捧げるように、大切そうにカップを握りしめている。

旅のあいだの乱暴な扱いのせいで、見えないひびが入っていたのかもしれない。あるいは、大理石のテーブルに置くとき、母が勢いをつけすぎたのか。弔いの鐘のようなくぐもった音が、私たちの耳に響いた。ソーサーはまっぷたつに割れ、細かな破片が真ん中のあたりに散らばった。まだコーヒーの入っていたカップがたくさんの欠片になって、磁器の草花のうえに散らばり、ちゃりちゃりとせわしなく音を立てた。

「気にするな。もっといいのを買ってやるから」

絶望のあまり母が泣き叫ぶことを見越して、父が言った。ところが、母は泣かなかった。信じられないという面持ちで、目の前の光景を凝視している。致命傷を負った怪我人のように、身じろぎひとつしなかった。コーヒーカップだけでなく、母の命そのものが、こなごなに砕けてしまったかのようだった。私は恐ろしくなった。こんなふうに黙りこまれるくらいなら、大きな声をあげて悲嘆の涙を流してくれたほうがずっとましだった。

この痛ましい凝視は数分も続いた。そしてとうとう、父がしびれを切らした。「おい、辛気くさい顔をするな、誰か死んだわけでもあるまいし。カップを置くとき、手もとが狂ったんだ。よくあることだ、たいした問題じゃない。外国で暮らすんなら、もっと面倒なことが山ほどあるぞ」

ついに母が動いた。台所に行って、ごみ箱をひっつかみ、怒りのこもった手つきでさっとテーブルのうえを払い、磁器の破片をすべてごみ箱に落とし入れた。一瞬、草花の欠片が虹を描いた。それから、すでに空になっていた父のカップにコーヒーを注ぎ、瞳に涙を浮かべながら、最後の一滴まで飲みほした。

ラプソディア

祖母がお気に入りのラプソディアを歌っている。死の淵にあるスカンデルベグ〔十五世紀に活躍したアルバニアの民族的英雄〕が、息子に向かって発つように促し、母や同胞を救えと説いて聞かせる歌だ。私はレコーダーのスイッチを入れたまま、祖母の声に耳を傾けている。祖母は私の手を握り、どこまでも深い緑の目で、胸を震わせながらこちらを見つめている。祖母の目はすこし潤んでいる。瀕死のスカンデルベグに哀れを催しているのか、三か月半ぶりの私の帰郷に感激しているのか、にわかには判別がつかなかった。

そのすこし前、私はぴかぴかのかばんを携えてハンブルクから戻ってきた。かばんのなかには、グルンディッヒの最新式のレコーダーが入っている。出発する前、旅の途中で壊れないようにと、母がシャツとセーターでぐるぐる巻きにしてくれた。食品製造工場の労働で得たはじめての給料で、私はこのレコーダーを購入した。ドイツで働きたいという私を、母はなんとかして思いとどまらせようとした。「あなたにきつい仕事は向かないわ。体を壊すに決まってる。自分の手を見てみなさい。たこひとつないじゃないの。あなたの手は文章を書いたり、恋人を愛撫したりするためにあるのよ」けれど、もう何年も前からハンブルクで暮らしている父は、ひとことも反対しなかった。むしろ、父の考えによれば、それは私にとって必要な経験だった。「パンを稼ぐとはどういうことか、これでお前もわかるだろうよ」

私はじきに十七になるころだった。けっきょく、「パンを稼ぐとはどういうことか」はよくわからなかったし、この言葉の意味を深く考えようともしなかった。私はただ、毎朝五時に起き、八時間がむしゃらになって働くとはどういうことかを学んだだけだった。青い瞳に囲まれながら、よその土地でよその空気を吸い、自分はよそ者だと感じるのはどんな気分なのかを、私はドイツの工場で学んだ。「だが、苦労しただけの値打ちはあっただろ」ハンブルクの中央駅まで見送りに来てくれた父が言った。淡い口ひげ、貧乏学生の生活を支えるだろういくばくかの蓄え、新しいかばん、それに一流メーカーのレコーダーを携えて、私は村に帰ってきた。

そういうわけで、昼食をすませたあと、私はさっそく祖母にあいさつしに行った。「ほんの気持ちだけど」私はそう言って、チョコレートの詰め合わせと絹のスカーフを差し出した。そのあと、レコーダーのスイッチを入れた。

ラプソディアの録音を思いついたのは、数か月前のことだった。その日もやはり、祖母はお気に入りのラプソディアを歌い、私はその歌詞を書きとろうとしていた。私たちの土地に伝わる古い言葉、アルバレシュ語のことなら、私はよく知っていた。けれど、私のペンは何度も迷子になり、そのあいだも祖母は、いまや死の風の影に包まれているスカンデルベグのことを歌いつづけた。私はといえば、単語をふたつ書きつけるごとに、怒りにまかせてひとつを消し去る始末だった。それから、あとで意味を思い出せるよう、歌詞の隣にイラストを描いたり、括弧のなかにイタリア語の翻訳を添えたりした。私のノートはまるで、殴り書きの雲と青い雷光が充満する、おどろおどろしい空のようだった。

恋する乙女の声で祖母は歌った。嘆きと希望の入りまじる、柔らかなさえずりでもって、スカンデルベグから息子への最後の願いを歌いあげる。「ルレ・エ・クサイ・ザメル・ティメ、わが心の花よ、母を連れて、いちばん上等な三艘のガレー船で港を出ろ。すぐにここから逃げるのだ。もしもトルコ人に知られたら、お前は殺され、母は奴隷となるだろう……」それから、聴く者の胸を締めつける哀感を込めて、遠い故郷に思いを馳せる少女について祖母は歌った。「モイ・エ・ブクラ・モレ、わが愛しのモレアよ、あなたのもとを去ってから、どれほどの歳月が流れただろう。あなたのもとに、私は母を残してきた。父を、兄を残してきた。ジィ・トゥ・プシュトルアル、いまではみな、大地の下で眠っている……」

最後に、私は全体をイタリア語に翻訳した。というのも、アルバレシュ語を学校で習う機会はなく、正式な文法など知るよしもなかったからだ。それに、二一個のアルファベットしか使えない私が、三六個もアルファベットがあるアルバレシュ語を転写するのは、どだい無理な相談だった。

　ノートに書きつけられた殴り書きの雲は、ほとんど暗号のようなものだった。私は身震いした。あと百年かそこらして、祖母が死の風の影に包まれたら、この美しいラプソディアも、古くから伝わる物語もおとぎ話も、おおまかな翻訳や、おそらくは私でさえ理解できない断片としてしか残らなくなるだろう。

　こうして、レコーダーに録音することを思いついた。言葉や物語を記憶するだけでは足りない。リズムや、音色や、恋する乙女のような祖母の声も残さなければ。時間を、吐息を、静寂をつかまえて、未来の自分がいつでも取り出せるようにしておくのだ。夢見がちな青年だった私に似合いの、楽天的でとりとめのない、単純かつ純真な思いつきだった。

　祖母が歌い終えると、私は「ストップ」のボタンを押し、次に「巻き戻し」を、それから「再生」を押した。機械から流れる自分の声を聴いて、祖母は仰天した。「ルレ・エ・クサイ・ザメル・ティメ、ミル・トゥトム・エ・トレ・ガレ……クル・レ・テ・プライア・エ・デティト、オイ・ビル……」近所の小径《こみち》の物音も、蠅の羽音も、死にかけの蝉の最後のうめきも抜きにして、レコーダーは祖母の歌だけを記録していた。「モイ・エ・ブクラ・モレ、スィ・トゥ・レウ・マンガトゥペ……」遠くの世界から、別の時間から届けられたような、はっきりとした声だった。私たちの声より静かで、それになにより、穏やかで、柔らかで、雪のようにひんやりとしていた。

以来、私は村のあらゆる路地を、ひと筋の例外もなく歩いてまわり、物語、ラプソディア、小唄、小話《アネクドート》、ことわざ、祈禱《きとう》、おとぎ話の収集に精を出した。そうやって少しずつ、自分たちの村に伝わる、神話的な歴史を再構築していった。十五世紀のおわりに、故郷をトルコ人に侵略されて逃れてきた、アルバニアからの逃走者の物語を。

レコーダーを前にしても、村人たちが気後れすることはなかった。マイクが内蔵されたレコーダーは、静かに、節度をもって録音に励んだ。スイッチを入れたあとは、テーブルのすみに放置しておけばよかった。そのかたわらで、畑仕事を終えたばかりの年嵩《としかさ》の農夫が物語ったり、老いたゾニア〔土地の言葉で「婦人」の意〕が切々と歌ったりするのだった。私もいっしょに、歌や物語を記憶しようとした。まったくたいした集中力で、学校の教室にいるときとは大違いだった。けれど、それも無理からぬ話だった。学校では、私たちの村の歴史が語られることなど一度もなかったのだから。レコーダーから「ガチャリ」という音が響くと、私は現実に引き戻された。カセットがいっぱいになったので、B面にひっくり返すか、あるいはカセットを交換しなければならない。

ラプソディアとラプソディアの合間、実際にあった物語とおとぎ話の合間に、私はカセットでお気に入りの歌手の曲を聴いた。バッティスティ、ミーナ、ビートルズ、デ・アンドレ、グッチーニ、ディラン、デ・グレゴリ……そして、あの夏にはじめて知った、リノ・ガエターノ。金曜の昼食の時間には、ラジオのそばにレコーダーを置いて、「ヒット・パレード」

で流れるとびきり情熱的な楽曲を録音した。カセットに収められた名曲は、セレナータ〔暮れ方に、意中の相手の家の前で、音楽を奏でながら歌を歌うこと〕で使うつもりだった。私はしょっちゅう、録音中だということを忘れて、歌手といっしょに熱唱した。カセットのなかで、歌手の声と私の声が重なり合う。ところどころ、一方の声がもう一方のこだまとなって、のぼせあがるように相手の言葉を繰り返す箇所があった。「うずくまり、海の音を聴く／どれだけの時が流れただろう／息をするのも忘れて……」当然ながら、あのころ私は恋をしていた。けれど相手の方は、私の内気な思いのことなどなにひとつ知らなかった。

土曜の晩、私は友人らと連れだって、思いを寄せる相手の家まで行った。窓の下で、セレナータにのぞむためだ。レコーダーを最大音量にして「再生」のボタンを押すと、バリオーニの震える声が路地の静寂を引き裂いた。「いまはもう、きみしかいない／きみだけが、いつも、どんなときも／僕の心のなかで、いまにも爆発しようとしている……」家畜小屋の鶏、山羊《やぎ》、騾馬《らば》たちが、なにごとかと目を覚ます。「僕はどうしたらいいのだろう／もしもいま、きみがいなくなったら……」蝙蝠《こうもり》が騒音に怒り狂い、私たちの頭上を威嚇《いかく》するように飛びまわっている。「こんな思いを、僕の心に植えつけたあとで……」

ある晩、私がカセットを取り違えたために、路地の漆黒の空が、祖母の声であふれかえったことがあった。「ガムル・ボラ・メ・ティヒ・エ・ドゥア・トゥ・マル／モス・ングトゥマール・ティヒ・ウヴリテム・ヴェト」

レコーダーを停止するわけにはいかなかった。セレナータのしきたりでは、音楽を唐突に中断することは、相手にたいする侮蔑の表明にほかならないから。愛を告白するには、三つの曲をはじめからおわりまで演奏しなければいけない。そういうわけで、私たちは祖母の歌を三曲分、バックミュージックもなしに、恋する乙女の声だけで聴きつづけた。「ああ、赤いばらよ、きみはなんと美しい　／　きみは私の心に根を張った　／　赤いばらよ、愛しのきみよ、どうか、二度といなくならないで」二曲目からは、私たちも祖母といっしょに歌った。家々の窓の裏から、村人が物珍しそうにこちらを見ている。こんな夜更けに歌っている、頭のいかれた女はどこの誰かといぶかっているのだ。

それは私にとって、生涯でもっとも思い出深いセレナータとなった。

翌日は村じゅうが、「いま」の愛を告白するため、はるかな「過去」へさかのぼったセレナータの話題で持ちきりだった。男の歌声が、私や友人たちのものだと見抜いた村人は少なくなかった。そのなかには、セレナータを捧げられた女神《ミューズ》もいた。彼女はこちらの思いに気づき、それに応えてくれるようになった。けれど、恋する乙女の声が誰のものか、言い当てられた村人はいなかった。当の祖母でさえ、夢うつつに、よく知っている歌だなと思っただけだった。

翌年の夏もドイツに戻って、同じ工場で働いた。税の支払いが免除されていたこともあって、勤労学生としてはじゅうぶんな額を稼ぐことができた。従兄《いとこ》のマリオといっしょに、ディスコやピザ屋に行く金にも困らなかった。とはいえ、自由に使える時間の大半は、レコーダーに録音した歌を聴いて過ごしていた。場所はたいてい、エルベ川の岸に広がる、アルトナ側の大きな草っぱらだった。音楽を聴きながら、村に残してきた彼女のことを考えた。愛というより、狂おしい郷愁の念が、私の胸を締めつけていた。

ときおり、ドイツに暮らす同郷の移民、私の父もそのひとりである「ジェルマネーゼ」の物語を録音することもあった。私は彼らの語り口に魅了された。そこではイタリア語や、ドイツ語や、カラブリアの方言に加えて、イタリア語風になったドイツの言葉や、ドイツ語風になったアルバレシュの言葉が混じり合い、なんとも味わい深い響きを醸し出していた。

土曜は母の買い出しに付き添って出かけた。母が価格交渉にのぞむ場面は、たいへんな見物《みもの》だった。故郷の村の物売りを相手にしているときと、すこしも変わるところがなかった。レジ係は丁寧に、値下げはできないことをドイツ語で伝える。「ダス・ギブト・エス・ベイ・アンス・ニヒト」ところが母は、高すぎると言って譲らない。「だけどこれ、ズ・ヴィエルよ」そうして母は、演劇的な身振りや、取り入るような声音や、謎に満ちたフレーズを次々と繰り出していった。「イッヒ・パク・ゲルト・パク・ペッツァーレ、トゥ・グト・トゥ、ネ?(おカネちょっとしかない、ちょっと払う、あなた良い人、でしょ?) イッヒ・ニクス・アルバイト、ヴェト・マン・マン・アルバイト、トゥ・ベッラ・ファイステ、ネ?

（私仕事ない、働くの夫だけ、あなたきれいなお嬢さん、でしょ？）」それでも値引きしてもらえなかった場合、母は店を変えた。

大学を卒業するまで、私は毎年の夏をドイツで過ごし、一年の残りの時間は、故郷の村と、大学があるバーリを行ったり来たりしていた。そのあいだもカセットの数は増えつづけ、整理整頓の習慣がない私は、村の実家、ハンブルクの両親のアパート、バーリの学生寮など、あちこちにカセットをほったらかしにするようになった。

やがて祖母が死んだ。私に遺された多くの忘れがたい記憶のなかに、恋する乙女の歌声とラプソディアがあった。テンポが速く、手を伸ばせば触れられるような、確かな実体を備えた物語だ。再生ボタンを押せばいつでも、私の耳を愛撫してくれる。カセットのなかと、私のなかに、祖母の声は大切にしまわれていた。

祖母がいなくなってから、レコーダーを使う機会は次第に減っていった。なにしろ、大学を出たあとは職探しに忙しかったから。臨時教員や事務員のポストを得るため、故郷の村や北イタリアの学校に宛てて、何十通も履歴書を送りつづけた。たまに時間ができたときには、あのころ付き合っていた彼女と気晴らしをした。

ハンブルクで過ごしていたある夏の晩、私はふと、祖母の温かな声を聴きたくなった。レコーダーの埃を払い、いちばん早い時期に録音したカセットのなかから一本を選んでセットした。「再生」を押したのだが、なんの音も聞こえてこない。レコーダーは壊れていた。奇妙なことに、私は怒りも失望も感じなかった。おそらく、これからなにが起きるのか、直感していたのだろう。

そう。恋する乙女の歌声は、私の頭のなかに響いていた。それは躍りに加わるよう誘う合唱であり、ため息と希望の柔らかな反響だった。「ロイメ・ロイメ、ヴァシャ、ヴァゲン、コスタンティニ・イ・ヴォグル・イシュ、ヴェト・トレ・ディトゥ・ドンダル・イシュ……」

まだ若く、三日前に結婚したばかりなのに、故郷を捨てることを余儀なくされた、コスタンティーノの出立のラプソディアだ。しばらく前から、ほんとうの旅立ちの準備を進めていた私は、レコーダーをテーブルのわきに寄せ、ラプソディアの歌声に包まれながら、自分にとって最初の物語を書きはじめた。

どこにでもいる、とある移民の物語

真面目に話すことは滅多になかった。このあたりのイタリア人がよく言うように、「クアッチャーレ」してばかりだった。つまり、前後の脈絡もなしに、過去か未来のことばかりを、笑いや下品な小咄《こばなし》を織り交ぜながら語るのだ。話の締めくくりはいつも同じだった、俺は肉でも魚でもない、家にいるわけでも外にいるわけでもない。

どこにでもいる平凡な移民だった。とはいえ、移住した理由については、はっきりとしない点も多かった。本人はこんなふうに言っていた。「自分さえ望めば、向こうで働くこともできたさ。だが、発ったころはまだ若かったからな。冒険したいって思いが、俺をたぶらかしたんだよ」誰も彼の言葉を信用していなかったし、彼は彼で、誰のことも信用していなかった。

ハンブルクのイタリア協会に集まる人びとは、「クアッチャーレ」したり、カード遊びやチェスに興じたり、飲んだり、「スパゲッティとイタリア音楽の夕べ」を楽しんだり、ダンス大会をしたり、クリスマスにはトンボラ〔ビンゴに似た数字合わせのゲーム〕をしたりして日々を送っていた。金、土、日曜には、テレビでイタリアの映画や、スポーツの試合や、クイズショーを見ることもあった。会員《ソーチ》は百人以上いたが、彼はそんな同胞たちを、冗談めかして「ねずみ《ソルチ》」と呼んでいた。というのも、会員はいつも協会の建物に閉じこもっていたから。向こうでは、太陽の輝く大きな空の下、プッタネッラ〔南イタリアで生産されるぶどうの品種〕といちじくが熟しているというのに。それから、皮肉の混じった調子で慨嘆するのがつねだった。「ああ、俺があと二十年若かったら！」〔まあ、なんの意味もない決まり文句だ〕。

以上で、彼の物語はすべて、あるいはほぼ、語りつくされたことになる。〔「ほぼ」と書いたのは、ほかにもこんな話があるからだ。それは、一九四九年十月末の、痛ましい一日の出来事だった。メリッサ周辺の未開墾の土地を、仲間とともに占拠していたとき、数発の銃声と悲鳴が聞こえた。あとでフラガラの岩場に駆けつけたところ、農夫の流した血の痕《あと》が見えた。「英雄にふさわしい死に様でした」ローマからやってきた同志が言った。そして、全員が一丸となって、農地改革を声高に要求した。結果、彼もまた、大地主の土地の一部を所有できることになった。しかし、すでに結婚し、子どもも儲けていた彼にとって、わずかな土地を頼りに人生を前に進めるのは困難をきわめた。そこで、かつて「善きアメリカ《メリカ・ボーナ》」に移住した亡父に倣い、荷物をまとめて、ドイツへ働きに行ったのだった〕。

括弧とじ。括弧の外には、抽象的な観念を欠いた、日常生活という現実を生きる移民がいる。みずからの役まわりを巧みに演じ、人目もはばからずに郷愁を「クアッチャーレ」している。

要するに、彼は何百万といるイタリア人のひとりだった。むしろ、より正確を期するなら、波に運ばれるようにドイツへ押し寄せ、いまはここ、次はあそこへと移動を続けるトルコ人、スラヴ人、ソマリア人、チリ人、ギリシア人、ポルトガル人のひとりだった。みんな彼と瓜ふたつだった。彼をまわりから区別するには、向こうへ送り返してやらねばならない。「いつも太陽が輝いて、星は手に届きそうな場所にあるんだ」わびしさの募る晩、深いため息をつきながら彼は言った。

とはいえ、彼が働く工場の内部と同じくらい平板なこの物語は、もとは向こうで幕を開けた。

旅立ちの場面はあまりにもありふれているため、わざわざ描写するのが余計に思えるほどだ。ご期待どおり、旅行かばんは昔ながらの厚紙製で、ひもでしっかり縛られている。妻はしとやかに涙を流し、鼓動は高鳴り、列車のなかではこんな会話が交わされる。「家族にパンを食わせるためさ……あとは、うまくいけば、小さな家でも建てられるかもな」

移住先で待っていたのは悲惨な現実だった。会社からは、五人でひと部屋の住居をあてがわれた。四人がイタリア人、ひとりがギリシア人で、みんな似たような物語を背負っている。耐えがたい足の臭い、締めきったままの部屋の臭い。向こうなら、抜けるような大空が広がっているのに。

移住したのは七〇年代だった。日曜日に働くこともめずらしくなく、平日は十四時間も働いた。いつだって働いた。給料はさほどでもなかったが、身を粉にして犠牲を捧げ、向こうにはそれなりの額を送金できた。おかげで子どもたちは、金の心配をせずに勉強ができた。父親が犠牲を捧げているのだから、勉強しないわけにはいかなかった。ただ、向こうに残してきた若い妻は、生きることは苦しむことだと諦めてしまったのか、歳月の流れとともに、ますます陰鬱になっていった。夫と妻の、どちらがより苦しんでいたかという問いに、明確な答えは存在しない。苦しみの大きさは、どんな物差しでも測れないから。

夫婦がようやく、ハンブルクでともに暮らすようになってからも、苦しみはやまなかった。しっかりとしまいこまれ、黒い瞳の底にかろうじて見てとれるだけではあったけれど、苦しみはやはりそこにあった。川のように、増水した忌まわしい川のように、昼となく夜となく、苦しみはそこを流れていた。

いささか大げさかもしれない。私たちはいつも、大げさな言い方をしてしまう。子どもたちが大学を卒業したとき、ひとりめの孫が生まれたとき、川は涸れて消えるだろう。少なくとも夏のあいだは、カラブリアの急流は干上がるものだ。八月に帰郷したとき。中古のメルセデスに乗って村に帰ったとき。懐かしい味、故郷の味と再会したとき。そんなとき、川は涸れて消えるだろう。きっと、たぶん、消えるだろう。

勲章メダルのない私たちの英雄は、自分についてはろくに話さなかったし、真剣に語るのはなおのこと稀《まれ》だった（好んで語るのは未来のことだった。「来年には村に戻って、二度と故郷を離れないぞ」家を建て、じゅうぶんな婚資とともに娘を嫁がせ、息子には、荷物をまとめて発つ必要がないように勉強させた。戻らない理由があるだろうか？「来年には村に戻る。ミケーレの伯父貴《おじき》みたいに」そう言って、自身の名付け親であるミケーレのことを、讃嘆を込めて説明した。「ミケーレの伯父貴はこっちで貯めた金でもって、メリッサの土地を買ったんだ。村のみんなから尊敬されてる。がつんとくるいいワインを作ってるよ。本人はビールしか飲まないがね。それで、自分のワインをポリ容器に詰めて、ドイツで教師をしてる息子に送ってるのさ」）。

周囲に明かした夢は、これですべてだった。要するに、これはじつに貧相な、死ぬ前の彼の顔のようにやつれた物語だ。彼がけっしてしなかったであろうこと、考えもしなかったであろうことを、創作する気にはなれない。そして、じつのところは私たちも、この貧相な、前後の脈絡もなにもない物語の登場人物だ。遠くから眺めるなら、私たちと彼のあいだに違いはない。よかったら、あなたたちも物語に加えてみよう。水と油を混ぜるようなものかもしれないが、「クアッチャーレ」してばかりの、どこにでもいるただの移民の物語なら、そのくらいの無茶は許されるはずだ。

ここでペンを措《お》くべきか……

「向こうでは、八月の夜、星に手が届きそうになるんだ」彼は言った。向こう。安楽椅子でゆったりとくつろぎながら、あなたたちは笑みを浮かべる。向こう。私たちがいつの日か、塵に姿を変える場所。

毎週土曜、イタリア協会で「クアッチャーレ」していた。「あのころわかってたらな……お前たちはまだ若い……」そして死んだ。

ああ、もう終わろう。

あなたたちなら、どう終わらせる？　まだ年金生活に入る歳でもないのに、心筋梗塞で急死した？　クレーンの下敷きになった？　それとも、工場で毒を吸いこんで即死した？

より甘美なのは、死とは無縁の太陽に、プッタネッラに、いつまでも熟してやまないいちじくに焦がれ、心痛のあまり死んだという筋立てだろう。もっとも、こんな結末にしたところで、あなたたちから不平を言われるのがおちかもしれない。「やれやれ、また安っぽい泣き言か」

そのほかの旅

旅立ち

白くて頭がくらくらする。いたるところに雪が積もっている。道路、木々、土地を囲む山々。住宅の正面部分や、村に沿って蛇行する凍った川にいたるまで、ことごとく雪に覆われている。

よく晴れた日の朝方だった。けれど太陽はどこにも見えず、空のどこかから、まぶしく謎めいた力が伝わってくるばかりだった。雪もまた、濃密な光を浴びてぎらぎらと輝いている。旅のあいだずっと開けていた瞳を、思わず閉ざした。遠く離れた職場を目指して、まずは列車に、次はバスに乗って、私はここまでやってきた。足を凍らすような寒さに震え、まぶたは固く閉ざし、手には旅行かばんを提《さ》げていたこの瞬間、それまでの自分の生が、なじみのない、光り輝く雪の下に埋葬されたような感覚に襲われた。

故郷の村を離れたのは、なにもこのときがはじめてではなかった。十三歳のときには、勉強のためにクロトーネで暮らしたことがあるし、じきに十七になろうかというころには、父がいるハンブルクに行った。十八歳になると、大学に通うためにバーリへ引っ越した。これらはいずれも、家族の、あるいは個人の事情による旅立ちであって、誰かに強制されたものではなかった。故郷が恋しいといったところで、せいぜいのところ、甘ったるい郷愁の味が口のなかに広がるだけの話だった。たしかに、毒を孕《はら》む味わいではあった。とはいえ、恋人の甘美な唇にキスしたり、生気が繁茂してもつれ合う故郷の土を踏んだりすれば、郷愁の味はたちまち消えた。

今回は事情が違った。取り乱した様子の母の声が、まだ耳に残っている。「そんなところになにしに行くの？　私たちの村になにが足りないっていうの？　仕事が終わって帰ってきたとき、誰があなたにポルペッタ〔イタリア風のミートボール〕のパスタを用意するの？」まだ旅立ちの時を迎えていない、友人たちの皮肉っぽい言葉が聞こえる。「恋人のことは心配すんな。俺たちが慰めといてやるからさ」あとは、ほかの誰よりも打ち沈む父の声だ。「言うことを聞けって、ビル。行くなよ」

父は旅立ちの痛みを知っていた。その傷口は、まわりの人間の目には見えなかったけれど、だからといって、そこから血が流れていなかったわけではない。父は息子が発つことを望んでおらず、私の自尊心をくすぐりながら、なんとか心変わりさせようとした。「お前はそこらの能なしとは違う。大学まで出たのはなんのためだ？　お前が家から、村から遠くへ行くんなら、俺の移住は、家族みんなの犠牲はなんだったんだ？」

けれど、家も故郷も、私を引きとめることはできなかった。それは父にもわかっていた。ほんとうを言えば、大学を卒業したあと、私は地元の中学校で臨時教員の口を見つけていた。先生たちには感謝しなければならない。書類上は病気だということにして、何人かが代わるがわる十五日未満の休暇をとり、私のためにポストを空けてくれたのだ。候補はほかにもいたけれど、私には地元の住人としての優先権があった。

そこで私は計算した。この道をまっすぐ進み、なにもじゃまが入らなければ、四十歳になるころには常勤のポストにありつけるだろう。けれど私は、誰かの役に立ちたい、自分の足で立ちたいという思いに身震いしていた。そこで、ローマでの兵役を終えたあと、ソンドリオ県〔スイスとの国境にほど近い北伊ロンバルディア州の自治体〕に教職志望の申請書を出したのだった。このまま故郷にとどまるなら、なんのために大学まで出たというのか？

「二十四時間以内に承諾の意思を示すこと」臨時教員として、はじめの十八日の雇用を告げる電報は、このように締めくくられていた。ほかに選択肢はなかった。「言うことを聞けって、ビル。行くなよ」私は発った。おそらく、これをかぎりに。

電報を握り、卒業証書の入ったかばんを提げて、学校の事務室へ入っていった。ジーンズはひざのあたりまで濡れていた。寒かった。

「地元の村では、セーター一枚でじゅうぶんだったんです」私は事務員の女性に言った。自分の身なりと、傍目にも明らかだろう大げさな寒がり方を弁解するためだった。

よくわかるというふうに、事務員は笑みを浮かべた。見た目と話し方から察するに、彼女もまた、私と同じくエボリより南〔カルロ・レーヴィ『キリストはエボリでとまった』を踏まえた表現〕の出身であるらしかった。彼女は気の毒そうにこう言った。「申し訳ありませんが、臨時教員の勤務先はリヴィーニョの分校なんです。急げば、トレパッレ行きの五分後のバスに間に合います。そこからは、通りかかった車に乗せてもらって、リヴィーニョまで行ってください。今日は終わりの二時限がご担当でしたよね？　まあ、間に合えばの話ですけど……。とりあえず、ここに同意のサインを。がんばってくださいね、先生」

先生？　重たい荷物とかちかちに凍った誇りを、雪のなか引きずってきただけの若造が「先生」だって？　初日から欠勤するのは嫌だという気持ちと、もう家に帰りたいという思いが、胸中でせめぎ合っていた。

バスに乗り、切符に刻印を済ませ、前方の席、いちばん運転手に近い場所に坐った。乗客は私ひとりだけだった。チェーンの巻かれたタイヤが、耳を刺す騒音を規則正しく響かせながら、坂道の雪を蹴散らしていく。疲れた視線を休ませて、なにも考えずにいられるように、なにかなじみあるものはないかと窓の外を探した。だが、目に映るのは雪だけで、どこまでも果てしなく白が広がっているばかりだった。

「まったく、なんて雪だ……明日にはまた降り出しますよ！」私の方をちらと振り返り、運転手が大声で言った。

「こんなにたくさんの雪、はじめて見ました」礼儀正しく、心からの返答を口にした。

「一週間も降りっぱなしだったんです。雪の洗礼を受けましたね。あなた、サルデーニャ出身でしょう？」

「いや、カラブリアです」

「サルデーニャのアクセントだと思ったのにな。とにかく、じきに雪が好きになるから、どうぞご心配なく。あたり一面、ひっそりと静かで、自分の考えに集中できます。春が来たら、ここらの山間《やまあい》は楽園に早変わりだ。そこらじゅうが花でいっぱいになりますよ、あなたの故郷のサルデーニャみたいにね」

終点のトレパッレという村で降りた。標識に雪が積もっているせいで、広場は名もなき空き地と化していた。ひとっこひとりいなかった。リヴィーニョ方面へ行く車が、どこかからひょっこり現れるのを待ち受けた。

まだほんの数分しか待っていないのに、この白い静寂のなかでは永遠のように感じられた。なぜ父さんの言うことを聞かなかったのだろう？　なぜ自分は発ってしまったのだろう？するると、ぼんやりした影といっしょに、くぐもった音が近づいてきた。ルーフを雪に覆われた大きな車だった。たぶん、メルセデスかボルボだろう。ちょっとのあいだ、荷物を雪の上に放り出し、かじかむ両手でヒッチハイクのポーズをした。

車はブレーキがきかず、私の眼前を通り過ぎ、十メートルくらい離れたところで停止した。私は必死に車まで歩いていった。ドライバーが窓を開けた。

「すみません、リヴィーニョに行かれますか？　よかったら、乗せていただけないでしょうか？」私は息を切らしながら尋ねた。

「ほかにどこ行くってんだ！　ここからならリヴィーニョに行くに決まってら。そら、乗んな。荷物はうしろに置けばいいから」

私は何度も礼を言い、あなたのおかげで初日の授業は救われましたと説明した。

「礼を言うには早いな」彼は言った。「まだ着いてないんだからよ」

たんなる冗談だと私は思った。というのも、本人の言によれば、二十年前からソンドリオに暮らしているとはいえ、彼は生粋のナポリ人とのことだったから。ここでは郵便局で働いているという。冗談好きの陽気な人物で、ガソリンを入れたり家電製品を買ったりするために、ちょくちょくリヴィーニョへ行っているらしい。リヴィーニョは免税地域で、ガソリンでもなんでも、ひどく安く手に入るのだと言っていた。

すこし行くと、下り坂にさしかかった。私の自慢の巻き毛が一本残らず、恐怖のために逆立った。チェーンを巻いていないタイヤが、無回転のまま軽やかに滑ってゆく。コントロールを失った橇《そり》に乗っている気分だった。減速するのは、道路の両脇にうずたかく降りつもる、やわらかな雪の壁に車体をこすりつけたときだけだ。そしてまた、下り坂の曲がり角で、狂気じみた疾走が再開する。

つゆほどもあわてる素振りを見せず、男性は喉を整えて歌いはじめた、「ケ・ベッラ・コーサ・ナ・ユルナータ・エ・ソーレ（ナポリ民謡「オー・ソーレ・ミオ」の歌詞）」、口もとにはほほ笑みすら浮かんでいる、そのあいだも右へ左へ、すさまじい速さでハンドルを切っているのだが、そんな動きになんの意味があるのか私には皆目見当がつかなかった、「車道から出ないことが肝心だ」、そう言ってまた「オー・ソーレ・ミオ」を歌い出し、かと思えば、雪の上ではけっしてブレーキをかけてはいけない、さもないと車がコントロールを失うからとアドバイスしてくる、坂道をのぼってくる車と行き会いませんようにと私は聖アントニウスに祈りを捧げた、「こんな雪のなかを、誰がのぼってくるんだよ……ナリア・セレーナ・ドッポ・ナ・テンペスタ」、男は歌っている、どうか深い谷底に転落しませんように、春になり、仕事へ戻ってきた地元の農夫に死体を発見されるようなことになりませんように、なんてクソッタレな運命だ、なあ、ビル、行くなよ、どうして私は発ったのだろう？

「そら、元気いっぱいで到着だ」。そうは言っても、車はまだ動いていた。私たちは一分前に村に入り、道は上り坂になっていた。たしかに、速度は徐々に下がっている。

ガソリンスタンドの前、雪が積もっていないアスファルトの上で、男性は思いきりブレーキをかけた。「終点だ。着いたぞ。ほら、氷のかたまりみたいな建物が見えるだろ？　あれがあんたの学校だ。そら行け。早く行って、時間どおりに始めてこい。人生で大切なのは、始めることだからな」

急に力が湧いてきて、私はかばんをしっかりとつかんだ。「ありがとう、ほんとうに、なんてお礼を言ったらいいか、ありがとう」

「早く行けって」男性がぴしゃりと言った。

駆け足で学校に入っていった。十一時を一分だけ過ぎていた。対応してくれたのは背の低い禿頭《とくとう》の男性で、教頭だと自己紹介された。「文学の臨時教員で来られた方ですね？　三年生が待ってますよ」

私は誇らしげに笑みを浮かべ、この尋常でない雪のなかを、どうやって時間どおりに到着したのか説明しようとした。容貌やアクセントから、教頭先生もエボリより南の出身らしいと推測して、勝手に親しみを感じていた。だが、教頭はお喋りに興じる気はないようだった。三年生の教室の扉を指さして、素っ気なくこう言った。「急いでください、もう授業の時間ですから」

教室に入った。チャイムは二分前に鳴っていた。私は汗だくだった。教壇のわきにかばんを置いて自己紹介した。

生徒が私に注意を向けたのは、ものの一分程度だった。そのあいだに、このあとの二時間は歴史と詩歌の授業であること、歴史はイタリア統一まで進んだことを教えてくれた。イタリア統一なら、私が得意とする分野だ。そんなわけで、統一後のイタリアが抱えていた諸問題、南部の暴動や移民について、即興で見事な講義をこなし、「南部問題」というテーマまで進めることができた。だが、生徒はずっと、小声で私語を交わしたり、臆面もなくあくびをしたり、手帳をめくったり、机に落書きしたりしていた。

もうすこし集中しなさい、とか、きみたちに授業するためにたいへんな長旅をしてきたんだ、とか、今日のイタリアを理解する上で統一期の歴史を知ることはとても大切なんだよ、とか話しても、なんの効果もなかった。歴史の時間も詩歌の時間も無視された。幾度も失敗を重ねつつ、なんとか生徒の関心を引こうとしていると、長身で感じの良い男子が、自分には歴史などどうでもいいのだと、正直に話してくれた。仕事ならもうある、自分は宿屋の息子であると彼は言った、多くのクラスメートと同様に、自分にとって学校とは時間の無駄でしかない、外国語をいくらか学べればそれでいい、そのほかのことはこれっぽっちも重要ではない、カネを稼ぐ方法は、もうわかっているのだから。

授業の終わりを告げるチャイムが鳴ったとき、全員が、ようやく解放されたという気持ちになった。

かばんをもって教室から出たはいいものの、当面のあいだどこで寝泊まりすればいいのか、なんの当てもない状況だった。さいわい、学校の中庭で、同僚だという若い女性ふたりが私のことを待ってくれていた。こちらが説明する前から、私がなにを求めているかわかっていた。ふたりは「ようこそ」と言って、私を自分たちの家に招いてくれた。「疲れてるでしょ。お腹もすいてるだろうし」

家は広くて暖かかった。キッチンで、また別の女性ふたりと男性ひとりが私を迎えてくれた。すでに全員分の昼食ができあがっていた。「よかったらここに住めばいいわ、あなたが代理を務める同僚の部屋があるから」。彼は病気で、クリスマス休暇のあとも地元の村に残ってるの」食器棚の棚板に置かれたラジオから流れてくる曲に負けまいと、住人たちは大声を張りあげている。

私は喜んで提案を受け入れた。「ありがとう、きみたちと知り合えてすごくラッキーだよ……」そう叫ぶと、住人のひとりが大声で本音を口にする。「それはおたがいさま、生活費を分担してもらえるんだから」

昼食のあいだ、曲と曲の合間に、各人がぽつりぽつりと、自分の来し方を話してくれた。全員が任期付きの教員で、うち三人はエボリより南の出身、別のふたりはラツィオ、もうひとりはトスカーナだった。買い物、料理、皿洗いに掃除は、当番制でこなしている。

食卓に出されたアマトリチャーナは絶品だった、これまでの人生で食べたなかでもいちばんおいしかったように思う、それはたぶん、昨晩から夕食も朝食もとっておらず、手の施しようがないほどの空腹を覚えていたからだろう。私は同僚に感謝を捧げた。瞳が輝きを放っているのは、満ち足りた思いと、みんなで飲んだ最高のトスカーナワインのおかげだった。パスタを食べ終えると、なんの気後れもなしに、ナプキン代わりのやわらかなトイレットペーパーで口をふいた。「節約のためにね。紙であることに変わりはないし」住人たちが声を合わせて弁明する。

それから、全員が黙りこくり、皿の上のステーキをじっと見つめた。ラジオから流れるチェレンターノの声が、昼下がりの青空を歌っている、僕には青すぎる、長すぎる、歌声が部屋を満たす。そうか、宗教的とも言えるこの沈黙は、ここに由来していたのだ。

私は横目で同僚たちの様子を窺った。黒々とした思考に浸《つ》かりながら、怒りをぶつけるように肉を咀嚼《そしゃく》している。ここにいるのはみな、怒りにまみれた郷愁者だ。私の頭はまだはっきりしていた。なじみのない環境に放りこまれて、けれどまわりの人びとはずっと前からの知り合いのようで、私は瞳を閉じ、ここへいたるまでの旅路を後戻りした。

夕暮れ時の村が見える、母が作ってくれた肉団子《ポルペッタ》を味わう、バール・ヴィオラに行って友人とカードで遊ぶ、帰る前に目抜き通りをひとりでぶらつく、きれいな娘にそっとキスする――チェレンターノが歌っている、「僕はもうすぐ、あとすこしで列車に乗るから、そしてきみに会いにゆくから」――キスの味がよく思い出せないことに気がつく、たぶん、本気で恋をしていなかったことの証《あかし》だろう。最後に、私が従わなかった父の助言が聞こえてきた。「言うことを聞けって、ビル。行くなよ」

心の、あるいは頭のどこか遠い箇所で、目に見えない傷がひりひり痛んだ。だが、後悔しているわけではない。いいや、やっぱり、後悔しているのかもしれない。結論を出すには早すぎる。旅の疲れは別にしても、雪とワインのせいでへとへとだった、これ以上は頭が働かず、皿の上に突っ伏しそうになる。

ありがたいことに、チェレンターノの歌声はもう、私たちが恋におぼれたいつかの夏を蒸し返すのはやめていた。「だけど欲望の列車は、僕の思いのなかを逆走する」その場にいる全員が、思い出が引き起こす麻痺状態から抜け出し、口もとにまた笑みを浮かべて、私を元気づけようとする。「大丈夫、あなたもすぐに、ここの生活に慣れるから」それから、こんなふうに言う。「さあ、もう休んで、死ぬほどくたびれてるでしょ。そのあとで、よかったら、カードで遊びましょう。ここでいちばんしんどいのは、雪ばかりで気が遠くなる冬のあいだ、暇な時間をやり過ごすことだから」

臨時の生

毎晩、夕食の前に電話をかける。日曜は実家の両親に。そのほかの曜日は、私が強情にも恋人だと信じつづけている女性たちに、順番に電話する。実際には、彼女たちはもう、ごく近い、けれど遠い場所から聞こえてくる、胸を締めつける声でしかなかった。耳もとに感じる女性たちの息吹は、亡霊の愛撫のようだった。胸中では女性たちを、ローマの彼女、地元の彼女、バーリの彼女、ハンブルクにいるドイツ人とギリシア人の彼女と呼んでいた。いつかの晩、アレッサンドラをオルネッラと呼び間違え、また別の晩、ニコリナスをモニカと呼び間違えてからというもの、できるだけ名前では呼ばないようにしていた。

「ごめん、ごめん」私はあわてて弁解した。「疲れてるんだ、授業が五時限もあったし、午後は長ったらしい職員会議があって」

女性たちの反応はこう。「オルネッラって誰よ?」、「ウント・ヴェル・イスト・モニカ?」嫉妬しているわけではないと女性たちは言った、自分はただ、あなたの口から漏れて出た名前をもつ人物について、より深く知りたいだけなのだ。

「もう何年も前に付き合いがあった友だちだよ」私は答える。うわずる声に背中を押されて、平凡な言い訳が電話線のなかを駆けてゆく。信じてもらおうとして嘘に嘘を重ねる。赤面していることも多いが、さいわい向こうに私の顔は見えていない。私は文学の代理教員だったが、嘘をつく腕前にかけては「代理」どころの話ではなかった。自分でも嘘であることを忘れてしまうほど、私の言葉は研ぎ澄まされている。「いつもきみのことを考えてる、恋しくて仕方ないんだ、早く会って抱きしめたいよ」こんなことを言った。全員に。

すると女性たち。「ねえ、いつ戻ってくるの?」

「すぐだよ。じきに戻るよ。ソンドリオでの代理期間が、まだ何日か残ってるから。ほかの学校から呼ばれなかったら、すぐにでも電車に乗って会いにいくよ」

何週間も、何か月も、自分にたいして孤独をひた隠しにするために、嘘の電話を重ねつづけた。

土曜日は、学校からも電話からも解放される日だった。外食したり、映画を観たり、土地の同僚と踊りに行ったりするために、晩の予定は空けてあった。自分のことを興味深い人物に見せようとして、私はよく、ふたつに割《さ》けた心について弁舌をふるった。遠い過去、カラブリアでの幼年期や母語の話題から説き起こすのが、いつものパターンだった。私は語った、僕は六歳まで、アルバレシュ語しか喋れなかったんだ、それどころか、じきに学校で習うことになるイタリア語っていうのは、ナポリ方言のことなんだと思ってた、夏に広場の見せ物で俳優がナポリ民謡を歌ってたし、あとは僕の父親も、朝にひげをそるときに歌ってたからさ。学校に通いはじめてから最初の何年かは、ほんとうに、外国の子どもになった気分だった。四時間のあいだ、自分の言葉を脱ぎ去って、体をきつく締めつけてくる、窮屈で居心地の悪い言葉に着替えなけりゃいけなかった。

　すると、話し相手の同僚が言う。「でも、いまはイタリア語が上手じゃない」

「まあね、宿題のおかげだろうな。大学でも勉強したし、いまはそれを教えてるわけだから」誰にでも伝わるとはかぎらない皮肉をにじませつつ、私はこう答える。

「なら、あなたは二重のアイデンティティとか、ふたつの魂とか、そういうものをもってるってことかしら」いちばん聡明な部類の同僚は、私の冗談を聞き流しつつ、こんな返答を口にする。

　この点にかんしては、私の考えもあやふやだったものだから、ウンベルト・サバの詩を引用することでごまかしていた。「ああ、ふたつに割けて生まれた私の心よ　きみをひとつにするために、私はどれほどの苦しみに耐えたことか！」

　実際には、私の心はスペッツァティーノ〔角切りの肉〕のようなもので、四つだか五つだかにぶつ切りにされていた。そのせいで私の人生からは秩序というものが失われ、夜、物語を書いているときに、紙の上で整理することにさえ手を焼く始末だった。暗がりと影に囲まれ、頭上には黒い森と黒い空が広がるばかりで、わずかに開いた窓の向こうに自分を見つけ、ぎょっとしてまた自分を見失い、どの登場人物にも自分を見いださずにすむように、うまくページのなかに姿を隠す。私には、ひとりの人物と化した五人の恋人さえ見分けがつかなかった。各人の魅力がひとつに結びつき、物語る私にとっての、一個の大いなる愛に変じていた。

土地の同僚に秘密を明かすわけにもゆかず、私たちは学校について語り合った。私に手を握られたり、髪や頬《ほほ》に触《ふ》れられたりしても、同僚の女性たちは拒絶しなかった。すべては、いまの環境になじむための大切な一歩なのだと私は理解していた。

教師の仕事は大いに気に入っていた。厄介なのは、ようやく生徒たちと親しくなれたと思ったころに、代理の期間が終わってしまい、別の学校に移らなければいけないことだった。リヴィーニョのあとはキエーザ・イン・ヴァルマレンコに二十一日、ティヴァーノに十六日、そのあともソンドリオ県内の五つか六つの小さな学校を転々とした。昼も夜も凍えるような寒さの村々で、唯一暖かく過ごせるのが、ワインのにおいが充満するバールだった。

ありがたいことに、谷あいの若者たちは私と真剣に向き合ってくれた。とくに、代理の期間が足かけ二学期におよび、私が通知表の成績をつける場合には。私は生徒たちに声をかけて、自分もいっしょに楽しめるような課外活動に取り組んだ。読書への興味を駆り立てるため、毎週図書館へ連れてゆき、詩や、掌篇や、ミニコミ誌の記事や、在ローマのヨーロッパ各国大使館に宛てた、地理研究の資料を請求するためのフォーマルな手紙などを書かせてみた。たいていの場合、途中で任期の終わりがやってくるのだが、生徒たちはたいへんな熱中ぶりで、私がいなくなったあとも正規の教員と活動を継続することを約束してくれた。

臨時教員としていちばん長く勤めたのは、ボルミオの宿泊業高等学校だった。任期はじつに三か月で、たんに最長記録であるばかりでなく、忘れがたい経験を積ませてくれた現場でもある。もっとも、着任した初日には手厳しい洗礼を受けた。二時限が始まるころに校舎に入ったら、私を遅刻した生徒と取り違えた用務員に、学校から叩き出されそうになったのだ。私はジーンズにスニーカーという出で立ちで、草むらのような巻き毛を生やし、若者らしい柔らかなひげをぼうぼうに伸ばしていた。大学を出たばかりだったから、第五学年の生徒とは年齢もさして変わらなかった。その秋に二十三歳になる私は、はじめのうち、生徒の敬意を勝ちとるために、厳《いか》めしい態度をひけらかすほかなかった。授業中は最大限の集中を求め、生徒が答えを間違えればただちに名簿に記録をつけ、口頭の試験では質問するよりむしろ恥をかかせることに注力し、成績表には低い評価ばかりをずらりと並べた。学食で昼食をとるときは態度を変え、生徒が手がける試作メニューの毒味係を喜んで拝命した。おかげで食費を節約できた。

ある土地での任期が終わり、また別の学校に臨時教員として赴任するまで、数週間はなにもすることがなかった。そんな時期は、バールに入りびたって新聞を読んだり、チーズのサンドイッチを食べたり、ビールを飲んだり、恋人たちや家族に電話をかけたりした。店に入ったときにあいまいなあいさつを交わすほかは、その土地の常連客とはなるべくかかわらないようにしていた。

どの村に行っても、南部人の小さなコミュニティに出くわした。大半が、出身地域への異動を実現するために四苦八苦している正規教員だった。彼らにとって、ほかのなによりも切実なその熱望は、北部のあらゆる学校から提出される、似たような願書の山の前で粉々に砕け散った。ほかには医者や、郵便局員や、事務員や、私やドメニコのような臨時教員がいた。私とドメニコは、イゾラッチャの村にある、凍りついた川から歩いてすぐの小さなアパートでルームシェアをしていた。ドメニコは私よりもずっとしっかりしていて、いつも家を清潔に保ち、ふたり分の食事を作って、洗濯するときはよく私の衣類もいっしょに洗ってくれた。

晩はバールで、リーノやアントニオをはじめ、南部コミュニティの面々と顔を合わせ、タバコの煙がもうもうと立ちこめるなか、通知表の成績のような日常的な話題から、世界を変えんとする私たちの夢にいたるまで、ありとあらゆるテーマについて議論を交わした。ただし、私たちはみな、自分のやり方で世界を変えたいと思っているものだから、たがいのイデオロギーがぶつかり合い、ついには人格攻撃にまで発展した。お前はばかだ、間抜けだ、無知だ、脳足りんだ、お前は政治のことなんてなにもわかっちゃいない、やつらは俺たちの生き血をすすろうとしてるんだ、やつらはずっと俺たちを搾取してきた、やつらは自分の財布のことしか考えてない、いつか目にもの見せてやろうぜ。テーブルに打ちつけられる拳のように、言葉の暴力があたりにとどろく。

　地元客が私たちに、不信の混じった好奇の眼差しを注いでいる。結婚している同僚は妻を家に残してきている。バールには男しかおらず、寒さに耐えるため、そして表情を隠すために、ほとんど全員が長いひげを生やしている。時おり、地元客の誰かが私たちに皮肉を飛ばし、お前たちが仕事を奪っているんだと非難してくる。そんなことを言ってから、地元客は笑顔を取りつくろい、悪意をごまかそうとする。

「なに言ってんだ、こいつのいまのポストでは、もともと大学生が教えてたんだ」私を指さしながらリーノが言う。「つまり、まだ資格もなけりゃ、教育者としての訓練も受けてない女子学生だよ。俺たちが来る前には村の機械工が物理を教えてたって言うし、ほかにも似たような話がごろごろしてるじゃないか。俺たちは誰からも仕事を奪ったりしてない、自分たちに属す権利を手にしただけだ」

　夜の電話をかけるために、私は口論から距離をとる。ここイゾラッチャには、逢瀬《おうせ》を楽しむ相手はいない。投入口の、恐ろしげな螺旋《らせん》に硬貨が飲みこまれるたびに、私の嘘は地滑りを起こし、どんどん気分が悪くなっていく。「早く会いたいよ、それじゃ、また」電話を切る前、心を震わせながら、すべての恋人にこうささやく。それから仲間たちのもとへ戻り、タバコの煙と、毒をはらむイデオロギーを肺に吸いこむ。

五月になると、ヴァルテッリーナはうっとりと見ほれるような土地に変貌する。木々や草むらには花が咲きこぼれ、川の水は石のあいだを楽しそうに音を立てて流れてゆき、雪が消えた山の上に広がる空は、目がくらむような光をあたりにまきちらしている。心地よい天気が続いて夏休みが近づいてくると、同僚たちがくよくよと気を病むこともなくなった。故郷のカラブリアや、両親がいるハンブルクで教職を得ることをもはや諦めたころ、私はポンテ・イン・ヴァルテッリーナの中学校で、非常勤の事務員のポストを得た。ソンドリオからそう遠く離れていない、美しい村だ。

教職と違い、事務の仕事は好きになれなかった。そのかわり、教師が面倒な手続き書類をもちこみさえしなければ、恋人たちに宛てた愛の詩や、どこに発表するあてもない、怒りのこもる郷愁にいろどられた短篇をタイプする時間があった。とくに夜、家具付きの部屋のベッドでひとりきりで横になっているとき、そうした郷愁を感じることがよくあった。だが私はそれに耳を傾けるのが嫌で、郷愁に声でもあるかのごとく耳をふさぎ、眠りに落ちるためになにか別のことを考えようとした。

「怒りにまみれた郷愁者にはなりたくないんだ」翌日には、女性の同僚にこんなことを言う。彼女たちは優しくほほえむ、私が本心から語っていることを理解してくれている。だが、皮肉にくるまれた私の動揺に女性たちが気づくことはけっしてなく、そこで私は、ふたつに割れた心の話を再開する。完全に同じ形に割れた、偽善に満ちたふたつの心。からっぽの心。

それが私の心だった。なにしろ、私が所有しているというそのめずらしい心にかんする長広舌は、聞き手の女性を私の部屋に連れこむための、骨の折れる策略なのだから。

そう、遠くにいる恋人たちよ、私はきみたちを裏切っていた。自分の浮気について話したことはなかったけれど、私はときおりきみたちを嫉妬させた、感じの良い同僚といっしょに出かけたとかなんとか言って。僕よりすこし年上で、とてもきれいな人なんだよ。でも、すぐに気持ちが落ちこんだ、だって僕が会いたいのはきみ——きみたち——だから、僕が愛してるのはきみ——きみたち——だから、遠く離れてからというもの、もっときみ——きみたち——を愛しく思うようになったんだ。僕はきみたちが欲しい、すくなくとも、きみたちのうちのひとりが欲しい、そしてほかの女性を部屋に連れこむ、ふたつに割れた心の策略を駆使しながら。

日曜になれば、誠実な孝行息子に変身する。電話口の両親に向かって、数え切れないほどの引っ越しについて語って聞かせる。「荷物を運ぶこと自体は、たいした問題じゃないんだ。そりゃ、トランクとか旅行かばんとか、どんどん多くなる本の段ボール箱とか、運ぶものはたくさんあるけど。あとは妹がプレゼントしてくれた電気コンロもあるね、これはコーヒーを淹れたり、ペペロンチーノのスパゲッティを作ったりするときに重宝してる。毎回面倒なのは、荷造りと荷ほどきなんだ、ごちゃごちゃの部屋で窒息しないように、ぜんぶを整理整頓しなきゃならない、こっちで借りる部屋はどれも小さいからさ」

こちらの身を気遣うような質問から、両親が必要以上に不安を抱いていることが察せられた。「ちゃんと食べてるの？　どこも悪くなってない？　お金は足りてる？」そこで私はこう答える、いまはオステリア・ダ・ネッロっていう下宿屋に世話になってる、三食付きの下宿だから食費はそんなにいらない、部屋にはトイレがついててまあまあ広いし、三度の食事は母さんの料理みたいにボリュームたっぷりなんだ。家庭的なメニューで、すごくおいしいよ。たとえば、この土地の名物のピッツォッケリ〔そば粉を主原料とするきしめん状の生パスタ〕、僕はこれが大好物でさ、みるみる太っていってるよ、その前の数か月に痩せこけた分を取り返してるってわけ。でも、いちばんありがたいのは、たくさんの人に囲まれて食事できることだね、宿はいつも人でいっぱいなんだ、とくにソンドリオから来てる客が多いかな、ここならまじりっけなしの料理が食べられるし、このあたりは独り身の年寄りが多いから。故郷のじいさんたちを思い出すよ、威厳があって、それでいて慎ましい目つきをしてる。苦しみがしわを刻んだ顔つきがそっくりなんだ。何人かとは仲良くなった、テーブルの席をひとつ僕のためにとっておいて、自分たちの人生について話してくれる。いちばんの年寄りは、生まれてこの方ずっと口がきけないんだって、だけど僕らは目で会話するんだ、いつも笑顔で僕のことを迎えてくれる。ワインにパンをひたして食べるようにってすすめられたよ。そのあと、ひげのそり残しがある頬に人さし指を当ててくるくるまわして、すごくおいしんだぞってアピールするんだ。

「それで、お金はいらないの？　いくら送ればいい？」両親はなおも食い下がる。

「いや、いいって、ありがとう、でも大丈夫。ボルミオの宿泊業高校で代理をしてたときの給料が支払われたから。それで、そっちはどう？　母さんの血圧、すこしは下がったの？　え？　妹の一家がハンブルクに引っ越す？　いいニュースだね、嬉しいよ。それならふたりも安心だね」

翌日は学校だ。先輩の事務員は経験豊富な地元の女性だった。私のことを気に入ってくれていて、私のためにあらゆる仕事を手早く片づけてくれた。私はただ、証明書や、給料袋や、通知書にサインするだけでよかった。だから、生きるため、書くための物語について考える時間はたっぷりとあった。このポストに就いていたのがほかの誰かなら、なにもすることのないこの甘ったるい環境にも適応していたことだろう。おまけに、私の契約は期限が定められておらず、じきに正規の事務員になれる見込みだった。ようやっと、身を落ちつけることができるのだ。だが、事務の仕事を開始して一時間、十通の書面にサインを済ませたあたりで、私は早くも退屈していた。長期の臨時教員としてお呼びがかかって、ここから駆け足で去ってゆく日を、いまかいまかと待ち受けていた。

ある晩、部屋で本を読んでいると、下宿屋のおかみさんが大きな声で私を呼んだ。「先生、電話だよ、すぐに来て」

嫌な予感がして、大急ぎで階段を駆け下りた。ふだんは誰も、こんな時間に電話をかけてきたりしない。両親か妹の身になにかあったのかという不安が胸をよぎった。受話器をひっつかむと、地元の恋人の声だとすぐにわかった。取り乱し、ひとつの文を最後まで言い切ることもできずに、小さな女の子のようにすすり泣いている。

「どうした、なにがあった、話してくれ、頼むから」私はしつこく問いを重ねた。

「ひどい夢を見たの……悪夢っていうか……信じたくなくて……私は怒ってあなたをひっかいて、あなたは血を、ほんとうの血を流してた、私の顔を見て笑って、ずっと笑うのをやめなくて……途中で目を覚まして、夜の暗がりにあなたが消えてくれたからよかったけど、あのまま夢を見てたら私、あなたを殺してたかもしれない」

「夢？　夢のせいで泣いてるのか？」

「そう、夢のなかで、あなたが女の人と腕を組んで歩いているところを見たの……しかも、女の人はひとりじゃなくて……私に意地悪しようとして、あなたは彼女たちにキスをした、みんなきれいで、ふたりは外国の人みたいだった……」

「へえ、そうなんだ。それで、俺のハーレムには何人いたんだ？　数える余裕があったかわからないけど」自分の狼狽を隠そうと、冗談めかして尋ねてみた。

「四人。私も入れて五人。私はあなたに最低って言った、だって、そんなのって、最低な男のやることでしょ……もちろん、夢の話だけど、私にとっては胸にナイフを刺されたようなものだった、本物のナイフ、そこから血がしたたって……苦しくって死にそうだった、涙を流さずに泣いてた、枕を叩いて、ひっかいて……爪で枕カバーをびりびりに引き裂いたの……」

身震いしながら考えた。どうやって知ったんだ？　誰が裏切った？　私は言った。「なあ、しっかりしろよ、ひどい夢を見たからってなんだっていうんだ。〈悪い夢は良い現実の前触れ〉って言うじゃないか。俺が愛してるのはきみだけだ、きみだってよく知ってるだろ？」

「愛してるなら、私のところに戻ってきて。村に帰ってきてよ」

「戻るさ、すぐに戻るさ、心配するなって」

「いいえ、あなたはもう戻ってこない、私にはわかる……」

「なあ、キアラ、夢にショックを受けるなんてどうかしてるぞ。生身の俺はここにいる、いまきみが聞いているのが俺の声だ、誓うよ、俺が愛してるのはきみだけだ」私はそう言って不安を追い払おうとした、ようやく彼女を名前で呼んだことに気がついた、ほかの彼女と混同するのではないかという懸念はどこかに消えていた。

キアラは落ち着きを取り戻したようだった。村は北極のように寒いと言っていた、あなたがいないからなおさら寒いの、電話口で音を立ててキスをしてからキアラは電話を切った。

その晩の夕食の席、私の苦悩を感知したかのように、口がきけない老人は憐憫《れんびん》のこもった笑みを浮かべて私を迎えた。パンにワインを浸しながら、ぜんぶ吐きだしてしまえと促してくる。そこで私は電話の件を彼に語った、キアラは夢がどうとか言ってたけど、誰かからたれこみがあったに決まってます、僕は彼女を失いたくありません、山間《やまあい》に迷いこんだ船乗りみたいな気分です、嘘の名人、大ばか野郎ですよ。どんな手を使ったのか知らないけど、キアラは事実をすっかり把握してます、だけど僕のことがほんとうに好きだから、夢とかいうぺてんをひねり出したんです、僕のねじ曲がった脳みそが築きあげた出来の悪い迷宮から、僕がどうにか逃げ出せるように、あらかじめ出口を用意してくれたってわけです。

老人は笑みを浮かべた。雄弁で力強い、見るものを鼓舞するような優しいほほ笑みだった。ほら、行け、若者よ、行って、自分のやるべきことをやってこい。

下宿の公衆電話は空《あ》いていた。苦しみに満ちた、どうしても必要な電話を四回かけた。ふたりの彼女は、私の頭を叩き割ろうとするかのように、受話器を乱暴に叩きつけた。ひとりは、ひたすら泣きつづけて手がつけられないので、途中で電話を切らざるをえなかった。四人目はずっと黙っていた、退路を断った私はこんな前置きから始めた、「ごめん、僕たちの関係は、もう……」終わった、すべて終わった。重荷から解放された私は、足どりも軽く老人の待つテーブルへ歩いていった、腹が減っていた、ここ数か月の苦悶はついに、霧が晴れるように薄れて消えた。

翌日、私はキアラに電話をかけ、ハンブルクの領事管轄区で、イタリア語の授業を七か月間受け持つことになったと伝えた。「親の家に世話になって、ハンブルクとほかの勤務地を行ったり来たりする生活になると思う。ブレーメンとか、リューベックとか、ブレーマーハ

――フェンとか。しんどいさ、わかってる、だけど、外国で臨時教員をする新生活にもすぐに慣れるよ。いつ会えるかって？　復活祭《パスクア》の休暇にはきっと戻る。もう、きみがひどい夢を見ることもないよ。愛してる、キアラ、これまでよりもっと愛してる」

テーブルでは、ふちまでなみなみと注がれた二杯のグラスといっしょに、老人が僕を待っていた。謎めいた笑みを私に投げかけ、自分のグラスをぐいとあおり、良い旅立ちとなるように、瞳で祈願してくれた。

ツバメの空

あのときはツバメのことを、というより、ツバメが飛び交う空の下の、広場にいるキアラのことを考えていたから、右側の席の男性が話しかけてくるのがうっとうしかった。「下の雲をご覧なさい。やわらかい綿の詰まった、天国の原っぱみたいだ。コーヒーのCMにそんなのがありましたね、イタリアのテレビで流れているやつです。ご存じですか?」

私は返事をしなかった。男性は気にせず続けた。「パラボラ・アンテナを設置してからは毎晩のように見てますよ、イタリアのテレビをね。下品でくだらない番組ばかりだけど、とりあえず、私たちの言葉が話されてますから。あなたもドイツにお住まいですか?」

私はうなずき、形ばかりの笑みを浮かべた。男性は私の目をじっと見つめた。「大丈夫ですか? ひょっとして、飛行機が怖いとか?」はじめて飛行機に乗ったときのことを思い出した。ほんとうに怖かった、でも隣にはキアラがいて、おびえる子どもを安心させようとするみたいに、ずっと手を握っていてくれた。

「いやいや」私は答えた。「だいじょうぶ、怖くありません」

ほんとうは、怖いというより、このあまりにも速い旅にのぞむにあたって、目まいの感覚にとらわれていた。ふだん、ハンブルクから故郷に帰るときは、自動車か電車を使っていた。距離にして二五六三キロ、三十時間か、あるいはそれ以上の時間を費やして、出発に先立つ数日間の興奮を頭から追い払い、思考と呼吸を深く整え、うだるような暑さに飛びこんでいくために心の準備をすることにしていた。たいてい、まぶたには祭りの情景が浮かんでくる。たくさんのツバメ、大きな鳴き声で浮かれ騒ぐツバメの空、私の故郷の広場の空、キアラが背の低い壁に腰かけて私を待っている。やがて彼女は、私を追ってハンブルクまでやってきた、私のためにやってきた。「愛のために移民になったの」何度も何度も、こちらがうんざりするまで言いつづけた。だが、自分が踏み出した一歩をキアラが後悔していること、それでいて、いまさら後戻りする勇気もないことは、アパートの壁でさえお見通しだった。

はじめのうちは、ひとりでいることを嫌って、私が教えている町までついてきた。リューベックでは二晩続けて労働者のための語学コース、ブレーマーハーフェンでは午後にイタリア語の授業、ブレーメンでは二晩、ハンブルク＝ダムトーアではひと晩。

授業が終わるのを待つあいだ、退屈した観光客のようにキアラは町をうろうろする。ハンブルクにいるときも、暮らしぶりは短期滞在者と変わらなかった。「きれいな町よ、それはわかってる、でも私の感覚からすると大きすぎるの」ほとんど毎晩、同じことを言っていた。

キアラの泣き言はこれひとつきりで、そのあとは、迷子になった小さな女の子のように、私をぎゅっと抱きしめてきた。二十二か月、キアラにとっての苦しみの日々が続いた。その長い沈黙から、遠くを見つめる眼差しから、私はキアラの苦しみを感じとった。彼女の体は、私の隣にいたり、私を抱きしめたりしているけれど、頭は別の場所をさまよっていた。故郷には仕事はない、愛と太陽とツバメは、魂を暖めはしても、パンや未来は与えてくれない、私がそう説いて聞かせると、キアラはようやくわれに返る。

男性が、私の瞳のうちを読みとった。「私もです。頭がくらくらしますよ。陸を離れて、空に浮かんで、道路も標識もないところを、目的地に向かってまっすぐに飛んでるんだから。蝶々みたいに、体が軽くなった気分です」そこで私は、それを言うならツバメでしょう、と訂正しようとした。だが、男性が言葉を継ぐ方が早かった。「なんという奇跡！」男性はそう言うと、狭い座席の上でせいいっぱい背筋を伸ばし、うっとりとした顔を小窓に向けた。

目を閉じると、私とは反対側に飛んでいくツバメたちに再会した。一瞬の後、私はハンブルクになげうたれた、夢うつつの状態で見る悪夢のようだった。アパートの階段の踊り場で、キアラがスーツケースを従えて私を待ちかまえている。「故郷に帰る。私たちの愛は、風船のようにしぼんでしまった。あなたのせいじゃない。たぶん、私のせい。たぶん、この外国の土地のせい。私にはどうしても、ここが自分たちの町だとは感じられない。あなたの瞳も、遠い外国に行ってしまったように見えるときがある。いくら見つめても、あなたの瞳だって実感できない。日がたつにつれ、自分がしおれていくようだった。私はまだ三十歳にもならないのに。さようなら、大切なあなた」

彼女のためにアパートの表玄関を開けてやった。私は唇をゆがめ、これ見よがしに笑みを浮かべていた。苦い唾のかたまりのなかで身動きがとれなくなっている、もつれあう言葉を飲みくだし、タクシーに乗りこむ彼女の背中を遠くから見送りつつ、からかうように私は叫んだ。「なあ、ツバメによろしく言っといてくれ！」

飛行機がアペニン山脈の上空を飛んでいることを機長の声が伝えたとき、男性は私の方を振り返り笑みを浮かべた、白髪の波打つ天使のように見えた。黒々とした濃い眉毛の下で、男性の顔は晴れやかに輝いていた。詰め物が入ったような目の下のふくらみさえなければ、白髪になるのが早かっただけの三十代だと言われても納得しただろう。実際には、でっぷりとふくらんだ目袋は年代物で、もはや痛みを覚えることのない古い傷痕のように硬くなっていたのだが。

「答えのない問題や問いかけで、がんじがらめになっているようにお見受けしますよ」男性はそう言って私を驚かせた。さいわい、私が答えるより先に、こう質問してくれた。「どこへ行かれるんですか？」

男性を煙《けむ》に巻くつもりで私は答えた。「故郷のツバメに、会いに行くんです」

男性はほほ笑んだ。「それはいい考えだ！」

私の耳には、ツバメの鳴き声がはっきり聞こえた。飲み物はいるかと訊いてくるキャビンアテンダントがわずらわしかった。私は首を振って「ノー」の返事とした。

「なあ、なにを考えてる？」男性が尋ねてきた。

「どうでもいいこと」早くも秘密を共有する仲になったかのように、男性が急に打ち解けた口調に変えてきたので、私は軽い当惑を覚えていた。ふと、こいつは俺の頭のなかが読めるのかと私は思った。魂のなかはむりだ、なぜって、キアラが去ってからというもの、私の魂はハリネズミのように丸まってしまって、主《あるじ》の自分でさえなかに入れなくなってしまったから。ところが、男性はたちまちそこへ踏みこんできた。「魂の扉の前に岩を置いて、自由に出入りできないようにしているね。どかしなさい、だいじょうぶ、きみには大きな力がある、こっちにも伝わってくるほどだ」

なんてこった、こいつはなにを言ってるんだ？　岩とか、魂の扉とか、俺の前で詩人を気どるつもりなのか？　いいか、いまの俺には、詩なんてどうだっていいんだよ！

ひょっとして頭がおかしいのかという疑念が芽生えた。けれど、たぶん、頭が正常でない人間の方が、私のことをわかってくれるだろう。私が知っている、いわゆる「普通の」人たちは、週末とか、ヴァカンスとか、将来とかの計画を考えるのに忙しいから。洗いざらい打ち明けたいという思いが湧いてきた、普通なお前らなんて、みんなまとめて消えちまえ。私は混乱していた、なあ、みんな、俺がいつ、どこで間違えたのか教えてくれ、わからないんだ、ほんとうに、キアラとはもうぜったいにやりなおせないのか、俺よりも故郷の村を選んだのか、それってほんとうなのか？　なあ、どう思う、俺はどうすればよかったんだ？　力ずくで引きとめるべきだったか？　仕事を捨てて、犬みたいにキアラのあとについていって、愛と霞《かすみ》を食《は》んで生きていけばよかったのか？　キアラに電話をかけまくった、朝も夕方も晩も、彼女は受話器をもちあげ、ひとことも発することなく受話器を置いた。たぶん、話し合うことさえできたなら、解決策を、ほのかな光を、かすかな希望を見いだすこともできただろう。親友に向かって話すみたいに、私は見知らぬ男性にすべてを話した。なにもかも、ただし電報を送ったことだけは伏せておいた。「十六時二十分の便でラメツィア着。空港出口に迎えに来て。愛してる」

私の独白、私の悲嘆を耳にしても、男性はこれっぽっちも心を動かされている様子はなかった。安っぽいテレビドラマで使われそうなフレーズ、「僕たちが育んできたかけがえのない愛が、こんなふうに終わるだなんて、正当なことだと思いますか」という台詞が自分の声で聞こえてきて、私自身がぎょっとしたときでさえ、男性は平然としていた。もともと晴れやかだった顔が、なおいっそう輝きを増したようにも見えた。私の言葉に注意深く耳を傾けてはいるのだが、それよりむしろ、ティレニア海のすみれ色の水面《みなも》に心を奪われているようだった。

「正しいとか間違ってるとか、自分のしたことは良かったとか悪かったとか、そういう次元を越えなきゃいけない。あらゆる出来事の背後には、私たちの目に見えない真実がある。それを見つけるんだ、それが大事なんだ。ほかはぜんぶ忘れていい。もうひとつ、くれぐれも気をつけてほしいのは、彼女を裁いてはいけないということだな」

なら、私は？　私はこれから、どうしたらいい？　キアラがほかの場所で生きて、ひょっとしたらほかの誰かを抱きしめ、ほかの誰かにキスして、ほかの誰かの髪の毛をなでるなんて、どうやって耐えたらいい？　だめだ、友よ、きみにはわからない、私は胸中でつぶやいた、心を慰撫《いぶ》するきみの知性から、私はなにも引き出してこられそうにない。

男性はカラブリアの海岸を見つめ、相も変わらず晴れやかな笑みを、少なくとも三度の人生を生きて、あらゆる厄介事の解決策に精通した者の笑みを浮かべて言った。「はたから見ていてもわかる、たとえ揺るぎようのない事実を前にしても、きみはけっして降参しない男だ。だが、そんなふうじゃ、きみも彼女も、意味もなく苦しむことになる。私が思うに、いまはとにかく、彼女のことに集中すべきだ。目いっぱい力を込めて、幸運を祈ってあげなさい。そしてきみは、友人やツバメといっしょに、素敵なヴァカンスを楽しめばいい」

ラメツィア空港に向けて飛行機が高度を下げはじめたと機長がアナウンスしたとき、私は男性の勧めにしたがってキアラに集中しようとした、ただし、幸運を祈るためではない。来てくれ、頼む、迎えにきてくれ、心の底から私は願った。その瞬間、完璧な着陸が達成されたことを受けて、乗客の自発的な拍手が機内に響いた。

飛行機を降りる際の興奮にまぎれて、私は男性を見失った、けれどそんなことはどうでもよかった。一秒でも早く、空港の出口にたどりつきたかった。

私は空港の外へ急行した、最初に聞こえてきたのはあいつらの声だった。私の帰りを待っていたかのように、嬉しそうに鳴いている。私は視線を空に向けた。数百か、数千か、アクロバティック飛行をする小型機のように、上へ下へと楽しげに滑空している。私は喜びに身震いし、本能的に目を閉ざした、子どものころによくやったのだ、目をつぶったまままあいつらの声を追いかけて広場を駆け、それから目を開き、ツバメで黒くなった空を見あげるということを。

目を開けた。キアラはいなかった。

アルベリアのコック

1

「今日のようによく晴れた日、ただし五世紀前のある一日に、その人たちは旅立ちました」祝宴を始める前に、男性はこう語った。「トルコ人の支配から逃れるためです。三艘のガレー船に、われわれの祖先であるアルバニアの人びとがぎゅうぎゅうに乗っていました。ひとつめの船に若い男が、ふたつめには若い娘が乗り、最後の船にはパンとワインが積まれていたと、いにしえの歌が伝えています。しかし、新郎新婦、そして紳士淑女の皆さま、実際はそのとおりではなかったと私が請け合います」片手に赤ワインのグラスをもって、男性が続ける。「まず、若い男と女は同じ船に乗っていたはずだし、老人や子どももいたことでしょう。なぜなら、本日の婚礼の宴がそうであるように、みないっしょに過ごすことが慣《なら》わしだからです。もうひとつ、運んでいたのがパンとワインだけということは考えられない。私にはわかるんです、証拠はこの腹のなかにあります。パンのおかず、その土地の味や香りも、いっしょに運ばれてきたに決まっています。皆さんはそのすべてを、本日の料理のなかに見いだすことになるでしょう。カルフィッツィの素晴らしい婦人《ソニア》たちが私といっしょに用意してくれた料理を、チロのワインといっしょにご賞味ください。古代ギリシアのオリンピックで競技の勝者に贈られていた、世界でもっとも古いワインです。このワインでもって、新郎新婦の幸福のために乾杯しましょう、栄えある未来と、男の子の誕生を願って！」男性はそう締めくくると、自分のグラスのワインをぐいとあおった。

会食者が拍手して喝采を送る。「いいぞ、よく言った、アルベリアのコック、万歳！」

少し遅れて、私たち子どもも合唱の輪に加わる。「いいぞ、万歳、アルベリアのコック！」アルベリアというのが、南イタリアに点在する約五十のアルバニア系コミュニティの総称だということは、私のような子どもは誰ひとり知らなかったと思う。私などは、コックの母親の風変わりな名前だと思いこんでいた。それはともかく、拍手と喝采がひと段落すると、私たちはわきめも振らずに前菜に飛びかかり、カポコッロ〔豚のくび肉と背肉で作るサラミ〕、ハム、ソーセージ、ソップレッサータといった肉類、それにきのこ、茄子、さまざまな種類のオリーブの付け合わせを、瞬く間に平らげた。フィク・パレート・テ・ティガーニ、すなわち、ウチワサボテンの皮を茄子や、トマトや、メロンの皮といっしょに炒めたものを載せたパンの薄切りも、あっという間に姿を消した。

物足りなく思っていると、アルベリアのコックが手を叩き、五人の女性が大きな盆をもってやってくる。白インゲン、オリーブオイル、にんにくに唐辛子で味つけした「シュトリデラト」という自家製パスタが、盆の上でもうもうと湯気を立てている。シュトリデラトはほんとうにおいしくて、私はたまらずおかわりをした。まだほんの始まりに過ぎないことを、わかっていなかったのだ。すぐあとに、女性たちが平鍋をもってやってきた。鍋のなかには、ご近所のかまどで焼いたヤギの肉が入っていた。誰にうながされたわけでもなく、自然に拍手が湧き起こった。「ディ・テ・フッリ、ディ・テ・フッリ！」私たち子どもは大喜びではやし立て、ヤギの肉にかぶりついた。豚の脂身《ラルド》、にんにく、パセリ、唐辛子、それにじゃがいもといっしょに調理されたヤギの肉は、えも言われぬおいしさだった。辛さに燃えている口のなかを鎮火するため、私たちは一杯だけワインを飲ませてもらえた。そのあとで、大人たちが笑い合い、アルバレシュの歌を歌っているあいだ、子どもはこっそり二杯目を飲み、なおのこと浮かれはしゃいだ。

「さて、と」アルベリアのコックが口を開いた。「次にご賞味いただくのは、私の地元スペッツァーノでピシュク・ソウスと呼ばれている一品です。小麦粉をはたいたイワシに、ミント、にんにく、酢で香りづけしたパン粉をまぶして、私たちの土地のとびきり上等なオリーブオイルで揚げてやります。指についた油までなめたくなるような味わいですよ」

魚を進んで食べることなどけっしてない私なのに、気づけばほんとうに、指についたパン粉をなめとっていた。ケイパーとオリーブの付け合わせも、まわりの連中が一瞬でむさぼり食ってしまう前に、しっかりと味わった。

そんな私たちを、アルベリアのコックは満足げな笑みを浮かべて眺めていた。年のころは三十代半ば、長身で体格が良く、真っ黒な小さい瞳が丸顔で輝きを放っている。出身はカラブリアのスペッツァーノ・アルバネーゼで、本人の言によれば、食っていくために農夫の仕事を、楽しみのためにアルベリアのコックをしているらしい。だいたいにおいて、カラブリアにあるアルバレシュの村から呼ばれることが多かったが、時がたつにつれ、バジリカータのアルバレシュ共同体にも友人の輪ができていった。それどころか、モリーゼ州カンポバッソ県のウルーリやポルトカンノーネ、一度などはメッシーナ海峡を渡ってピアーナ・デッリ・アルバネージまで出向いたこともあるのだと、誇らしげに語っていた。れんが積み工の兄から借りている、モルタルのこびりついたがたがたのレオンチーノ〔イタリアのバイクメーカー「ベネリ」のオートバイ〕にまたがり、アルベリアのコックは各地をめぐった。婚礼の宴の前日にやってきて、新婚夫婦の身内の女たちといっしょに最高のパーティーを準備する。すべての土台にあるのは、コックが「純粋なアルバレシュ料理」と呼ぶ品々だ。事実、それらはアルバレシュの村々にある程度まで定着している料理だったが、とはいえ、南イタリアの調理法から影響を受けていたり、私たちが「リティラ」と呼ぶよその土地、アルバレシュの村を取りまくラテンの地域にも、わずかな違いをともないつつ広まっていたりした。だが、アルベリアのコックには、そうした細かい指摘に取り合う気はさらさらなかった。自分が作るのはアルバレシュ料理である、なぜなら自分はアルバレシュであり、料理をアルバレシュの名前で呼んでおり、アルバレシュの村々で、アルバレシュの婚礼のために、最後はヴァッリア、すなわち、アルバレシュの円舞で終わる宴を演出しているのだから。そう、あのころパーティーの料理を作る手伝いをしていた私の母が言っていたように、彼の本性はコックというよりも演出家だった。ひとりひとりの女性にてきぱきと正確に指示を出し、一から十まですべての作業を取り仕切っていた。母は言った、あの人は料理を味見しながらワインを飲んでいた、婚礼の宴の準備をしているあいだずっと、あなたの従兄《いとこ》である花婿の家の強いワインを飲んでいた、どれだけ飲んでも酔わなかった。スポンジみたいに、いくらでも酒を吸収した。あるいはラジオのようでもあり、疲れを知らずに喋りまくった、彼の土地の言葉、スペッツァーノの方言で、それは私たちの言葉とほぼ変わらないが、母音の響きがややあいまいだった。いずれにせよ、食べ物や料理の名前は、私たちの呼び方とそっくりそのままだった。

アルベリアのコックのなめらかな指示のもと、カルフィッツィの女たちは婚礼のデザート三種を用意した。小ぶりだけれど、目を見はるような出来栄えだった。コックは愛情を込めてデザートについて解説した。「こちらはペタ、ムスタッツォリ、クラチの三品です。材料は強力粉、オリーブオイル、はちみつに粉砂糖。目を閉じて、甘さを存分に味わってください」それはじつに精妙に作られていて、盾や四角や円にかたどられた菓子に新郎新婦のイニシャルが添えられ、そのまわりをハートや、ぶどうの房や、花や、鳩や、カラフルな粒や砂糖菓子《コンフェット》が取りまいていた。私たちはこのデザートを、まずは目で、それから口で堪能した。宴が終わると、私たち子ども全員と多くの大人が、アルベリアのコックに付き添って、レオンチーノのところまでいっしょに行く。コックは私たちひとりひとりとあいさつを交わし、映画俳優のように天に向かって両腕を突きあげ、たくさんの拍手と、ひらひらと舞う白いハンカチを背に去っていった。

アルベリアのコックとその料理は、幼い私の心に途方もなく深い痕跡を刻んだ。好き嫌いの激しい息子に手を焼いていた私の母は、よく言ったものだった。今日は「トゥマッ・メ・ドゥルグン」、自家製タリオリーニを作ったわよ、今日は「スラカ・メ・ブク」、パンにインゲンの付け合わせ、今日は「トゥマッ・メ・キケラ」、ひとつまみの灰といっしょに深鍋で煮こんだひよこ豆を生パスタに和《あ》えたの、今日は「グルル・テ・ジアル」、サンタルチアのための茹《ゆ》で麦よ、「ブク・エ・バス」、パンとそら豆、これはスライスした玉ねぎをスプーン代わりにして食べるの、アルベリアのコックが教えてくれたみたいにね。どれもこれも、母がふだんから作っていて、私がふだんから食べている、伝統的な家庭料理だった。ただし、アルベリアのコックのひと工夫を用いることで、母は私に、少なくとも二人前を平らげさせた。かぼちゃの花にズッキーニ、じゃがいも、くたくたのサヤインゲン、そこにパンとオリーブオイルを加えて混ぜた料理、ずっと嫌いだった「フリジシュカ」でさえ私は食べた。アルベリアのコックの勧めに従いにんじんを加えることで、皿のふちまでなみなみとよそわれた「フリジシュカ」を、母は息子に二杯も食べさせてみせた。同じことが妹の身にも起きたが、父だけは、母のしつこい呼びかけにも無頓着に、いつもひと皿だけにとどめていた。母がたっぷりとこしらえたおいしい料理の残り物は豚小屋に運ばれて、わが家の豚までまるまると肥える羽目になった。

やがて、多くの村人と同じように私の父も外国に移住し、仕送りの郵便為替が届くようになると、わが家の食卓には頻繁に肉入りパスタ《トゥマッ・エ・ミシュ》、もしくはパスタ入りの肉《ミシュ・エ・トゥマッ》が並ぶようになった。パスタのほかに、私たち子どもはモルタデッラハムやチーズをはさんだパンを食べ、原っぱに出かけるときは、おやつに牛肉《シンメンタール》の缶詰をもっていった。

いまにして思えば、伝統的な料理、かつての味わいも、移民といっしょに遠くの土地へ旅立っていったのではないか。故郷を発ち、切なる郷愁にとらわれたかのように、時おりふらりと帰ってくる。

時がたつにつれて、母がアルベリアのコックを話題にすることは減ってゆき、ついにはすっかり忘れ去られた。それでも、肉入りパスタ《トゥマッ・エ・ミシュ》がこの世でいちばん簡単な料理であることに変わりはなかった、肉とパスタさえ調達できればいいのだから。あとは唐辛子だ。長くても丸くても、生《なま》でも火が入っていてもいいから、とにかく赤いやつ、燃えるように赤いやつ、舌と思い出を焼きつくすほどに。

2

「俺たちが故郷の家を発ったのは、子どもの未来を築くにはもっと稼ぐ必要があったからで、飢えて死にそうだったからじゃない。ここドイツの、ものを知らない連中は勘違いしてるけどな。むしろ逆さ」ハンブルクのイタリアセンターで、アルベリアのコックが言った。「昔の俺たちが食ってたのは、人間にふさわしい立派な食事だった。いまじゃみんなだめになった、もうあのころの味じゃない、昔の味が残ってたとしても、俺たちの方が昔のままじゃなくなってる、舌はもう夢を見ることしかできない。まあ、俺はここの生活になじんだよ。たとえば、そう、ヴュルステル〔フランクフルトソーセージ〕と唐辛子をいっしょに食べるし、いまじゃドイツ人も顔負けのじゃがいも野郎に、連中が言うところの〈カルトフェルフレッサー〉になったしな。焼いたじゃがいもを俺たちの流儀で味つけするんだ、酢と、オリーブオイルと、刻んだ唐辛子と、あとはにんにくで和えてやって。ビールだって、喜んで飲むともさ。でもこれは、ドイツ人になったってことじゃない、味覚が分裂した人間になったんだ。たぶん、いまの俺には味覚がふたつある、どう説明したらいいか自分でもわからないけどな。泣き言なんてこぼすもんか、そりゃあ、年寄りのつねとして、若い時分を恋しく思うときはあるが」

こうして、二十二年後、私たちはまた行き会った。あのころ私はビーレフェルトのイタリア人学校で、小学校一年生から高等学校の二年生までを教え、中華料理屋の上階に位置する小さなアパートに暮らしていた。揚げ物の臭気で頭がくらくらする上に、シャワーやトイレはほかの外国人たちと共用だった。だから私は、寝るときとコーヒーを淹れるときのほかは、できるだけ家に寄りつかないようにしていた。週末になると、両親と妹に会うためにハンブルクへ行って、家族の空気を少しと、母の料理の香りを吸いこんだ。

私をイタリアセンターへ連れていったのは従兄《いとこ》のマリオだった。そこはハンブルク＝アルトナ周辺に暮らすジェルマネーゼのたまり場で、最高に旨い食事ができるのだとマリオは請け合った。ドイツのどこを探しても、あんな料理を出すレストランはないという話だった。

優しそうなドイツの婦人がシュトリデラトを運んできたとき、私は深い驚きに打たれた。

「おい、これ、アルバレシュ料理だぞ」私はマリオに言った。

婦人はむっとして私を見すえた。「違う、これ、イタリア料理。ここのコック、イタリア人」

これを作ったのはアルベリアのコックではないかという思いは、白インゲン、にんにく、刻み唐辛子がいっしょになった、ほかとは取り違えようのない味わいのシュトリデラトを堪能するうちに、確信に変わっていった。

食後、私は調理場へ案内してもらった。お玉を手にしたアルベリアのコックが、ドイツ人女性ふたりとイタリア人女性ふたりの四人グループに指示を出している。私はただ、こう言った。「ウ・ヤム・カ・カルフィッツィ、カルフィッツィ出身です」コックは答えた。「フランコ・モッチャだ、よろしく、ンガ・スピクサーナ」

彼の名前を聞いたのはこのときがはじめてだった。私たちは抱擁を交わし、旧友のように語り合った。もちろん、向こうは私のことなど覚えていなかったが、私の従兄のために婚礼の宴を演出したことは覚えていた、というのも、あれは彼の「アルベリアのコック」としてのキャリアのなかで、いちばん最後の時期に当たるパーティーだったからだ。あの後、彼もまた六十年代のはじめに、仕事の契約書をポケットに入れて旅立った。これまで、ドイツのいくつかの町で働いてきた。ビーベラッハでは工事現場、ドルトムントでは鋳物工場、ブレーメンでは造船所、フランクフルトではピッツェリアを名乗るレストランで働いた。だが、レストランは一か月で辞めてしまった、茹ですぎてくたくたのボロネーゼやらマルゲリータやらを温めるだけの仕事に嫌気が差したからだ。いまは鉄道会社で働いている、この仕事をしていれば、とりあえず、ただで電車に乗ることができる。こうしたすべてを調理場で話してくれた、そのあいだもビールを飲み、フライパンをかきまぜていた、そこではオリーブオイル、にんにく、唐辛子といっしょに、かぶの若葉と薄切りのドイツソーセージが炒められていた。

「ほら、食べに戻れ」ひとしきり話し終えると、コックが言った。「ソジス・メ・ウロクル・ラピエを作ったから。こいつの旨さがわかるのは、この店じゃお前とお前の従兄のふたりだけだ。だいぶこっちの味に寄せてるけどな、ドイツの連中は俺たちと違って、辛い料理は食べないから。明日は日曜だろ、もし暇なら、夕方の六時にセンターの前で会おう。俺の〈別邸〉に案内してやる、すぐ裏手なんだ、ゼラニウム通り《ゲラーニエンヴェーク》沿いにある、そこならゆっくりお喋りできる」


翌日、イタリアセンターでビールを一杯ひっかけてから、私たちは徒歩で十分もかからない「別邸」に向かった。

それは、四十平方メートル程度の菜園の奥に立つ、木造の家屋だった。同じ大きさの畑がずらりと並んだいちばん手前にあり、それぞれの敷地は木の柵で仕切られている。彼は誇らしげに、庭に生えている野菜を私に見せた。ピーマン、唐辛子、まるまると大きいけれどまだ青いトマト、茄子、きゅうり、あとはローズマリー、ローリエ、パセリにバジルなどハーブの茂み。なにもかもが、所狭しと豊かに生いしげっている。

「週末になると、ここに気晴らしに来るんだ。水をやって、土を耕して、いくらか野菜を収穫する。妻もたまに来るが、しぶしぶって感じだな。家でゆっくりしてる方がいいんだとさ。あいつも仕事持ちなんだ、クリーニング店で働いてる。休日に出かけるなら、ここに来るよりウィンドーショッピングしてる方がいいんだろうよ。離婚したカップルみたいなもんだ。俺と妻だけじゃない、家族みんな、自分の好きなようにしてる。暇なとき、俺はここ、妻は家、それから俺は仕事に行って、妻も仕事に行く。息子はミラノ、娘はミュンヘンで、それぞれの家族と暮らしてる。それでも、俺たちはみんな、家族を大切に思ってるんだ」

そして私を木造の家に招じ入れた、小ぶりなキッチンとリビングがあるだけの小さな家だった。どちらの部屋も、壁には絵が飾られているのではなく、唐辛子の束や、数珠つなぎになったにんにく、たまねぎがつるされていた。フランコ・モッチャは冷蔵庫からブクヴァリアを取りだした。表面にオリーブオイルを塗った、私たちの土地のフォカッチャだ。それをオーブンで温めているあいだ、赤ワインのボトルとビール瓶二本の栓を抜いた。ブクヴァリアはかりかりの食感で、唐辛子とオレガノで風味づけしてあった。あとは豚の脂身《ラルド》の切れ端があれば完璧なのにと私は言った。私の母はブクヴァリアに豚の脂身《ラルド》を添えて食卓に出していた。たぶん、消化には良くないが、いっそうおいしくなることは間違いない。

飲み食いしながら、アルバレシュ語、イタリア語、ドイツ語の語彙をごたまぜにして、たがいの故郷について語り合った。ワインとビールをいっしょくたに飲んだからか、あるいは、何年かぶりにブクヴァリアを味わったせいなのか、幼少期に体験した婚礼の宴が恋しくてたまらなくなってきた、私は胸を締めつける円舞《ヴァッリア》の歌詞を口ずさみはじめた、最初の何節かはいまでもよく覚えていた。あとすこし続けていたら、ひとりで踊り出していたかもしれない。

驚いたことに、そんな私の目の前で、フランコ・モッチャは大きなあくびを漏らし、そして私は悟った。「うん、まあ、そっちが正しいよ」私は言った。「郷愁には、用心した方がいいもんな」

「お前はそうだろうな」彼は答えた。「俺は用心しなくていい、郷愁なんてこれっぽっちも感じてないんだから。俺の村、俺の世界は、すべてこのなかにある」そう言って、モッチャは胸をどんと叩いた。

そのとおりだ。この四十平方メートルの内側、木造の家屋と菜園のあいだ、トマトと唐辛子とキュウリに囲まれて、彼はここを自分の家だと感じている。だから、郷愁にとらわれることはない、だから、別邸の土を故郷の土のように耕すとき、ほかのすべては彼の内部でゆったりとくつろいでいられる。

それ以来、両親に会いにハンブルクに行くときはいつも、フランコ・モッチャと数時間を過ごすようになった。私は彼が好きだった、多くのジェルマネーゼと違って、けっして愚痴を言わないからだ。自分のいまの境遇について、彼は皮肉を交えながら淡々と語った。それに、彼の料理を食べると、自分が根を張っている世界と再会できた、ほんのひとくち味見させてもらうだけで、それが良いものであること、すくなくとも味は良かったのだということを思い出せた。

故郷のカルフィッツィでヴァカンスを過ごしたあとは、モッチャの古い知人たちがよろしくと言っていたことを当人に伝え、土産物を手渡した。地元のオリーブオイルやチロのワイン、それに、干しいちじくにアーモンドとくるみを詰めた、モッチャの大好物であるクルジッチェをひと袋。復活祭《パスクア》の休暇から戻ったときは、赤く彩色した卵が中央に配された、クッペットという大きなドーナツ型の菓子を、クリスマス休暇のあとは、タルディレト、ケヌリレト、シュカリレト、クルストゥレトなど、いまなお村に残る伝統的な菓子をもっていった。会うたびに、私の心を暖かな気持ちで満たし、おいしい食べ物で胃をいっぱいにしてくれる人物への、ささやかな愛情表現だった。私は彼にほんとうに感謝していた。だから、仕事のために北イタリアへ引っ越して、ドイツに残してきた大切な人たちの顔を懐かしく思い出すとき、そこにはかならずフランコ・モッチャが、わが「アルベリアのコック」がいた、ハンブルク＝アルトナのゼラニウムの路地に立つ、唐辛子とにんにくの別邸を治める主《あるじ》が。

3

「たっぷりの年金といっしょに帰ってきたんだ」食前酒をちびちびとやりながら、フランコ・モッチャが言った。「朝から晩まで、広場でぼんやりしててもいい。目の前を通り過ぎてく車や、年々見かけなくなってくツバメを数えたりしてな。だが、俺たちは働くために生まれたんだ。たいていのやつは、移住して貯めたカネで、ちょっとした仕事場を買うんだよ。俺はお前の親父さんみたいに、ぶどう畑をふたつ買って、家族の古いぶどう畑《ヴレシュタ》は菜園にした、市場に野菜を売りにいけるくらい大きな畑さ。小型のモーターで小川から水を引いて、朝五時から水やりを楽しむ、ちょうど日の出の時間帯で、海に浮かぶ真っ赤な太陽が丸くて辛い唐辛子みたいに見える。朝一番の太陽にかじりついてやったら、さぞかし旨いだろうな。アルベリアのコック？　んー、もう体力がないし、だいいち、誰のためにやるんだよ？　いまさら俺を呼ぶやつなんているか？　もういいだろ、その話は。老いぼれなりに、俺はよろしくやってるさ」

チロ・マリーナの、海に面した雰囲気の良いレストラン、テーブルの向かいにはフランコ・モッチャが坐っている、ドイツで最後に会った八年前とすこしも変わっていなかった。活力にあふれる瞳、きびきびと動く手、豊かな髪には白髪が混じり、歯は白く、背筋はぴんと伸び、語り口はどこまでもなめらかだ。私は大きな声で、自分たちを婚礼のパーティーに招待してくれた新郎新婦に祝福を捧げた（新郎は私の幼なじみで、その父親は、フランコ・モッチャがハンブルクの鉄道会社でいっしょに働いていたジェルマネーゼだった）。私はモッチャに、いまは北イタリアの学校で教えていること、お呼びがかかればまたドイツの学校で教えたいと思っていることを話した。

「お前はぜったいにとまらない独楽《こま》だな。いいぞ、そのまま続けろ」いつもの皮肉をほほえみでやわらげて、フランコ・モッチャが応答した。

再会できたことがほんとうに嬉しくて、私は何度もそう伝えた。それでも、この再会は私の心の奥底に、ひとつまみの不安をもたらしていた。たぶん、招待客の衣をまとったアルベリアのコックが、「海のファンタジーの前菜」とか、「海のハーモニーのリゾット」とか、「サーモンの蝶々《ファルファッレ》」とか、「四種のチーズ《クアトロフォルマッジ》のクレープ」とかを食べているところを見たせいだろう。モッチャは「トゥ・ミラ、旨い、レッカー」などとコメントしている、皮肉なのか、それとも本心から言っているのか、私には判別がつかなかった。あるいは、子どものころに経験した婚礼の宴の味が、フランコ・モッチャを前にして強烈によみがえり、車エビの串焼き、シェフの気まぐれサラダ、レモンのシャーベット、仔牛のもも肉、新じゃがのオーブン焼き、パイナップルのコアントロー漬け、ウェディング・ケーキ、それに有名メーカーのスプマンテといったメニューに屈しまいと、必死の抵抗をしているのか。

私たちは式場のバールでコーヒーを飲んだ。フランコ・モッチャは私に、失われた味わいを再発見するための具体的な方法を教えてくれた。「俺に会いにきたら、フィルモかチヴィタまで食事に連れてってやる、俺たちの伝統的な料理を出してくれる店があるんだ。前菜はピプラ・クルシュクル、サルシッチャと茹でインゲンを添えたかりかりの揚げピーマン、パスタは昔のままのシュトリデラト、セコンド・ピアットは肉の盛り合わせで、俺はいつも唐辛子のオイル漬けといっしょに食べてる。めちゃくちゃ辛いぞ。郷愁のバクテリアなんて、みんな焼けちまうさ。おすすめだ。お前に必要な味だよ」

そう、まさしく私が必要としていた味だ。私はずっと、郷愁を払いのけようと努めてきた、遠い土地で響いている埃《ほこり》まみれの声について書き、私の眼差しよりもっと獰猛な眼差しに自分を同一化させることで。だが、どう考えても、いちばん厄介なバクテリアはまだ焼き払えていなかった、フランコ・モッチャの言うとおりだ。

「じゃあ、また、近いうちに」目を合わさずに、私は言った。

彼は力強く私の手を握り、亡霊のように軽やかな足どりで砂浜へ歩いていった。砂のなかをじりじりと進む影を、私はしばらく目で追っていた。影はやがて、パラソルと、海水浴客と、八月の暑気にまぎれて消えた。

埃にまみれた郷愁の声

母自身が語ったところによると、私の弟であるマリオの巻き毛をとかすたびに、母は痛切な郷愁に襲われるとのことだった。それは、遠い土地の埃《ほこり》まみれの声をもつおそろしい病であり、もしその声に従わなければ、病人は最後には発狂することさえあるという。声は母に、こう命令してくる。家に帰れ、お前の家に帰れ。しばらくして、昼食の時間になると、母は冷蔵庫から二本の唐辛子を取りだして、細かく刻んでスパゲッティにふりかけ、あまりの辛さに食べながら涙をこぼす。「家に帰れ、家に帰れ」口いっぱいにスパゲッティをほおばりながらそう繰り返す、埃まみれの声を再現しているのだ、母の唇はソースで赤くなっている。それから、遠い土地で過ごした幸福な幼少期について話しはじめる、小麦の穂に覆われて金色にきらめく丘、六月の陽光の下で光を放つその景色はマリオの髪のようだった、家から歩いてすぐの場所から、海の青い瞳が優しくこちらを見つめている。いま暮らしている土地では、こっちを見ているのは岩の瞳だ。

海にかんしてはそのとおりだ。しかし、そのほかの景色はというと、むしろ私が思い出すのは野良犬の黄色い糞だった、乾いてかさかさになって、ハエが雲霞《うんか》のごとくたかっていた。

夏になるとあの人がやってきたの、母が続ける、青の王子さま、若い観光客みたいな身形《みなり》をして、目は青くて、マリオと同じブロンドの髪を長く伸ばしている、そして私を、山間《やまあい》の土地へ永遠に連れ去ってしまった。その王子さまとやらが、若いころの私の父だった。「もし、あのころに帰れるなら……」母はそう締めくくった、埃まみれというよりは、むしろ辛《から》い声だった、唐辛子と、母が料理にたっぷり使ったにんにくが、声を押さえつけていた。

よくよく考えてみれば、意図せぬ母の滑稽さを前にして、私は声を立てて笑うべきだったのだろう。なぜ笑わなかったのかと言えば、それらの言葉が母の赤い唇から流れでる様子に魅せられていたからだ。まるで、胸をつく悲痛な歌のリフレインのようだった。ひょっとしたら、私をより近しく、より等しく感じるために、母は自分の病気を私にうつそうとしていたのかもしれない、あのころ私は十一歳で、母のスカートを追いかけまわすような年ごろではなくなっていた。だが、母の企図はむなしく終わった。母が歌うセイレーンの歌は、私の好みに合っていたとはいえ、魂を奪われるのはけっきょく母ひとりきりで、あとは共謀者である風が、マリオの黄金の髪でできた草原に吹き荒れるばかりだった。水車の板のように櫛《くし》を回して、母はみずからの手で風をあおった。大きな声で発された母の思考は、小さく無防備な羽となって、部屋のなかを舞いあがった。「罠にかかった気分だわ」腹立たしいのは、自分から進んで罠にかかりに行ったような気がすることなの、私がその深い裂け目に転落するよう、誰かが背中を押してきたわけではないんだもの、母は言った、すこしでも勘が働けば、私よりよほど純真な女でも、そんな裂け目はひょいとよけられたはずなのに。「でも、なにを嘆くことがあるかしら?」母は教師として働けているし、仕事はまあまあ気に入っている。おまけに、母のことが大好きな、ブロンドの健康な息子がふたりいる。夫は口うるさくもなければ嫉妬深くもなく、農業銀行でまじめに働いている。「それに、遠くにある私の土地は、あの悲しい夏のときとはもう違う」

母の言う「悲しい夏」、まずは祖母が梗塞で、それから祖父が悲嘆にかられて、ひと月も間を措《お》かずに立てつづけに亡くなった。それ以来、故郷には黒いヴェールがかかったように見える、ヴェールは視界を曇らせる、「頭がこんがらがってしまうの」、母はそうささやいた。その夏にはまだ七歳だった私でさえ、母の眼差しを覆う不安のヴェールに気づいていた、母の唇が急にぴくぴくと痙攣《けいれん》することもあった、それはさいわい一過性のものだったが。

それで、けっきょくどんなふうに生きたいのか?「問題は、自分でもそれがわからないってことなの、ここの生活に不満はない、むしろその反対よ」そう言って、またマリオのブロンドの髪をなでることに没頭する。小さな女の子がお人形にたいしてするみたいに、献身的に、誇らしげに、息子の髪をとかしている。そんなとき、弟の長い巻き毛から放たれる黄金のきらめきは、母を包む哀しみのヴェールを切り裂いて、母を子どもらしい幸福にひたらせ笑顔にすることのできる、たくさんの小さなランプに見えた。

その髪はまだ一度も切られたことがなく、つまり生育歴は三年で、愛情の込もった世話を受け、高価で質の良いシャンプーが使用されてきた。父もまたマリオの巻き毛を自慢にしていた、それはたぶん、自分は頭頂部にちょこんと巻き毛が残るばかりで、しかもへなへなと力なく、もはやブロンドよりもグレーに近かったためだろう。

長い巻き毛と、ぽっちゃりとしたかわいらしい顔立ちのせいで、マリオはよく女の子と間違われた。誰もがこんなふうに言った。「まあ、まあ、ブロンドの巻き毛がよく似合うこと！　なんてかわいい女の子でしょう！」母はやや横柄に、飽くことなく繰り返した。「いいえ、違います、この子は男の子です」プールや海、小児科の診察室で似たようなことを言われた場合は、母は黙って裸の息子を抱えあげ、相手を驚かせてやれという子どもじみた意図をもって、小さなちんちんを見せびらかした。「あら、まあ！」見知らぬご婦人たちは、きまって驚きの声をあげた。してやったりというふうに母は笑い、それからようやくこう言った。「私のマリオは、女の子みたいにかわいいけれど、男の子です」

そういうわけで、その長い巻き毛が母にとってどれほど大切か、私はよく知っていた。だからこそ、自分がなぜあんなおそろしい真似を仕出かしたのか、いまもってうまく説明できない。ある日のこと、私はマリオを自分の部屋に呼び、窓際に坐らせて、首にタオルを巻いてやり、マリオの大好きなミルクキャラメルをひと箱あげると約束して、マリオに不平のひとつもこぼさせることなく、ひとふさ、またひとふさと、すべての巻き毛を切ってのけた。

哀れをもよおす結果となった。明るい栗色の丸い丘に、無数のジグザグ道が行き当たりばったりに引かれているようだった。取り返しのつかないことをしてしまった、ブロンドの妖精かと思われていた少年を、栗色のヒキガエルに変えたのだ。足もとに散らばる巻き毛を見た、ふわふわと動いて生きてるみたいだった、トカゲの金色のしっぽのようにも見えた、窓から風が吹きこむたびに、寄木張りの床の上を転がっていた。私の作業が終わると、早くキャラメルをくれとマリオがせがんできた、私はどこに身を隠せばいいのかわからなかった。

なぜこんなことに？ 自分はいったいなにをした？ この先の成り行きを予想するために、過去に似たような出来事を目にしたことがないか思い出そうとした。いまになって振り返れば、あれは『ジャン・ブッラスカの日記』を無意識に模倣したのだとわかる。私がもっと小さかったころに、母が読み聞かせてくれた悪童の物語だ。だが、あのときは、どれだけ頭をしぼってもなにも思い浮かばなかった。ただただ、涙をいっぱいにはらんだ雲ができて、いまにも頬《ほほ》を濡らしそうになるばかりだった。

ノックもせずに母が部屋に入ってきた、長いこと物音ひとつしないので、なにをしているのかと怪訝《けげん》に思ったのだろう。母は自分が見た光景が信じられなかった、一瞬だけひざがたわんだ、よろめき、気絶する寸前だった、そのまま倒れて息子の髪の毛の上に顔を突っ伏し、私は砂糖水の入ったコップを母さんのもとへ運び、ありったけの愛を込めて母さんに優しく振る舞う、そんなシナリオを想像した。実際には、母はよろめくことも、気絶することもなかった。はじめは息をするのも忘れ、それから大砲をぶっ放した、そのあまりの激しさに、たくさんの巻き毛が恐怖に駆られて壁の方へ転がってゆき、すこしのあいだ、私と同じようにぶるぶる震えていたほどだった。「なにしてるの⁉」

母は答えを待たなかった、もともと答えなどあるはずもなかった、かつてない激しさで私に襲いかかってきた。平手、拳、蹴り、爪が降りそそぐ、果ては歯まで、手当たり次第に、いちばん痛みが大きくなるように。その次は髪だった、前髪を引き抜かれた。全身が痛かった、それでも私は泣かなかった、それが神の下す公正な罰であるかのように殴打の嵐を耐え忍んだ、静かな痛みのなかでみずからの罪をあがなおうとした。母はそんな私の態度を見てますます激昂し、ものも言わずに歯を食いしばって殴りつづけた。

父があわてて駆けつけてきたのは、神意によりマリオが泣き出したからだった。「ひどいよ、ひどいよ、兄さんをいじめないでよ」目にいっぱいの涙をためて弟は泣きわめいた、自分に危害がおよばないように、すこしだけ離れた場所に立って。

父は、母の爪を私から引きはがしたあと、しばらく母から引っかかれたり、殴られたり、蹴られたりしていた。「落ちつけ」私を守りながら父が言った。「自分の息子を殺す気か？」

事ここにいたって、とうとう母は泣きはじめた。変わりはてたマリオをひしと抱きしめ、息絶えたブロンドの巻き毛に涙をそそいでいる。「どうしてこんなことに、大切なあなた、なんて姿になってしまったの！」当時からすでに気配り上手だったマリオは、そんな母を慰めようとした。「お母さん《マンミーナ》、だいじょうぶ、セロテープで貼りつけるから」

マリオのばかげた提案が、張りつめた空気をすこしやわらげてくれた。父は笑い、私はこびへつらうように父に倣《なら》い、母は泣くのをやめ、なおも強くマリオを抱きしめた。それから、涙と憎しみで輝きを増した瞳でもって私を見すえ、こう命令した。「消えろ、カインめ」

まだカインの物語を知らない私だったが、恐ろしい怪物を指しているに違いないことは直感した、母が腹を立てたときに父に向かって吐き捨てる「人でなし」と、だいたい同じような意味なのだろう。私は自分の部屋にとじこもり、すさまじく強力な、目に見えない拳を何発も喰らったボクサーのように、力なくベッドにダウンした。消えろ、カインめ。なにも考えられなくなり、やがて眠りに落ちた。

翌朝、私を起こしに来た母から額にキスをされたとき、私は色鮮やかな蝶《ちょう》の大群を追いかけて走っている夢を見ていた。ときおり、蝶が目に当たって痛くなった。そこは母の故郷の原っぱで、チッコットの丘の上だった、すると不意に、私の故郷にある城の、銃眼のついた壁が四方を取り囲み、私はそこに閉じこめられた。マリオの巻き毛が雪のように、海と山の景色に降り落ちる、パズルのふたつのピースのように、海と山を夢がぴたりと重ね合わせる。

「ごめんなさい、ほんとうに、ごめんなさい。ほんの一瞬、気がおかしくなってしまったの。ひどい母親だわ、そう思うでしょう？」胸を震わせながら母は言った、たぶん目には涙を浮かべていた。蝶の大群はぱっと消えた、一匹だけ、私の額で休らっていた蝶も、私が目を開けて母に笑いかけると、どこやらへ飛び去った。

そのとき、マリオが入ってきた。そのさわやかな唇で、まずは母に、それから、彼の巻き毛を殺《あや》めたカインにもキスをした。

弟の短髪姿はひどく新鮮だった。もちろん、印象はがらりと変わったが、想像していたようなみすぼらしさはなかった、それはひとつには、重症者を緊急治療室に運ぶときのような迅速さで、両親がただちにマリオを床屋に連れていったからでもある。床屋はがたがたの髪を平らにならし、残った毛髪を美しく整えてくれた。むしろ、額の上にかぶさっていたあの巻き毛がなくなったことで、大きな青い瞳がより目立ち、マリオはついに少年らしい顔立ちを獲得した。

麦の穂が刈られたばかりの丘を母がなでた。半開きになった唇は、ぴくりとも動かない。喋りたくないのだとわかったし、実際母は喋らなかった。だが、埃まみれの声が、腹のあたりで棘のある音を立てながら、こらえきれずに語りだした。「お前の家に帰れ、手遅れになる前に。家に帰れ、せめて八月に……」

イカ

八月にはみんな帰ってくる。発っていった者たちも、十一か月後のいま、私たちと同じようにここにいる。八月のはじめにはみんな故郷にいる、ジェルマネーゼは七月からいる、そして私たちは楽天家となり郷愁者となる、クリスマスのときのように上機嫌だが、クリスマスのときよりもさっぱりとして見栄えが良い、それは日焼けや、肌を刺すような空気や、辛い唐辛子のおかげだ、みんなが口をそろえて言う、太陽や唐辛子だけは、ほかの土地にわけてやりたいくらいたっぷりとあるぞ。

バールの店先、あるいは新しく開店したパブ「アレックス」の席に坐る、ふだんは子ども時代のことを話す、仕方ないさ、いまだってそう悪くはない、誰かが言う、ともかく俺たちはまだ生きてる、とりあえず村でいっしょにいる、それが大事なんだ、そして私たちはコナに沿って散歩して、クリキのあたりで立ちどまる。未来については、誰も触れようとしない。未来は夏のあとのことだ。それは遠くにあって、雨が降っているか霧に覆われている。

クリキに来ると子どものころを思い出す。クリキというのはもともとは、戦没者の記念碑が建つ十字路の名前だ。実際には、道が広がりいつも風が吹き抜けるあたり、船の帆に似た形をしているその界隈を、私たちはクリキの名で呼んでいた。昼にはそこから青く輝く海が見え、夜に月があたりを照らすと、地面がオレンジの薄切りのようにぼんやりと浮かびあがる。落ち着きがなく、いささか異国情緒のある鳥のように、私たちは群れをなしてやってくる、妻や子どもがいっしょのときもある、手にはジェラートをもち、子どもたちはすぐに遊びはじめる。

ある日の夕方、息子のミケーレがこう叫ぶのを耳にした。「イカ！」花火の始まりのようだった。瞬く間に、「イカ」の連発が空気のなかでぱちぱちと爆《は》ぜた。遊びが始まり、私は子どもに戻ってゆく。

友人のエルコレに言った。「なあ、俺たちもやろう」そんなふうに言ったのは、あいつも私と同じように、走りたい、どこかの路地に隠れたいという思いに身震いしているとわかっていたからだ。ドイツで働いているエルコレも、夏の故郷で歓喜の衝動に見舞われている、はるかな時からやってきた笑顔が輝いている。

驚いたのは子どもたちだ。ダリオが忠告してきた。「いっしょにやってもいいけど、めちゃくちゃにしないでよ」お次はクリスティアンが注文をつける。「ふたりのどっちかが〈ロラ〉に着くなら、入れてあげる」

「グト、ミラ、よし《ベーネ》」私たちの日常で分け隔てなく使われる三つの言語で、勢いこんで返事をした。「俺が〈ロラ〉に着こう、でも、遠くに隠れろよ、でないと全員すぐに見つかって、ちっとも面白くないからな。言っとくが、俺はメンネア並みに足が速いんだぞ」

「〈速かった〉でしょ、父さん」クリスティアンが訂正してきた。ミケーレが仲間たちに、メンネアって知ってるかと聞いているが、誰からも返事はない。私は腕に頭を押しつけ、チェレステという友だちの家の壁に腕を押しつけ、目を閉じて数えはじめた。「ニエ、ディ、トレ、カテル、ペセ……」数えるのは三十一まで、そのあいだ、エルコレと子どもたちが、クリキのまわりの路地や広場に向かって、こそこそと走っていく音が聞こえた。最後の数字は、ありったけの大声で叫んだ。そのせいで、目を開けると、皮肉っぽい笑みを浮かべたチェレステがバルコニーに出てくるのが見えた。それから、当惑した眼差しを私に向ける数名の大人とすれ違った、たぶんこんなことを思っていたのだろう、カルミヌッツォ〔「カルミネ」の愛称〕は頭がどうかしたみたいだな、子どもみたいに「イカ」してるぞ。私は怯むことなく、プレイヤーに向けて、ルールで定められている文言を高らかに叫んだ。

「クシュ・エシュト・イ・シェフル・エシュト・イ・シェフル、隠れたやつは隠れた!」

イカは隠れん坊の数ある変種のひとつで、反応の良さが問われる遊びだ。一瞬でも気を抜けば、素早い二本の足が暗がりから飛びだしてきて、壁に最初にタッチした子どもが勝ち誇るようにこう叫ぶ「〈ロラ〉着いた!」鬼である私の役目は、それほど難しくはない。遠くからでも、プレイヤーの頭やら腕やらが見えたら、そいつの名前を叫び、「〈ロラ〉着いた！」と言って壁に触ればいい。

まずは、ミケーレが誰かの家の背後から顔を覗かせているのが見えた。「ミケーレ、〈ロラ〉着いた！」私は叫び、壁に触った。これでミケーレはアウトだ。隠れ場所からすごすご出てきて、誰かに救ってもらうのを待つことになる。だが、安心している場合ではない。壁からちょっと離れた途端に、ダリオとロベルトが、赤いマントに向けて突進する闘牛のように駆けてきた。間一髪で、私はふたりに先んじた。「ダリオとロベルト、〈ロラ〉着いた！」

猫の臭いをたどる犬の動きで、私は広場に向けて移動していった。子どもたちがどこに隠れているかはお見通しだ、駐車している車や収集所の大型ごみ箱の背後、あるいはバール・ヴィオラの曲がり角だろう。ときどき、秘密を暴く街灯の明かりの下に、一瞬だけ影が伸びるのが見える。だが、影は捕まえられない、誰のものかわからないからだ、影はみな同じで、痕跡を残さずに消えてしまう。ほかの子どもは「ロラ」から離れたところに隠れていて、私がミスを犯すのを、ばか正直にも攻撃に転じようとするのを待っている。「ロラ」のそばに身を潜めるという選択も有りだろう、そうして子どもたちをおびき寄せ、さしたる苦労もなしに仕留めるのだ。しかし、小さいころから私はこの戦法が嫌いで、それを実践するプレイヤーには我慢がならなかった。やつらはリスクを冒さない、正々堂々、危ない橋を駆け抜けたらいいのに。たしかに捕まる恐れはあるが、全身全霊を傾けて、脚力と知略のかぎりを尽くしてこそ本懐ではないか。

　数人の子どもが結託して、私を罠にはめようとしていることはわかっていた。肩や影や片足をちらちら見せたり、大げさに咳《せき》をしたりしている。思ったとおり、曲がり角を曲がって路地の暗がりに踏みこむなり、四方八方から子どもが大声をあげて飛びだしてきた、「ロラ」はもうすぐそこだ、私はメンネアばりにスパートをかける、だが、本物のメンネアであったとしても、あそこから巻き返すことはできなかっただろう。「ロラ着いた！」の一斉射撃が耳に響き、私は怒りを込めて壁を叩く、叫ばれずに終わったクリスティアンの名が口のなかで息絶える。まんまとやられた。だが、まだエルコレが残っている、あいつを捕まえれば負けにはならない。どこだ、エルコレ、どこにいる、勇気があるなら、口ひげ生やしたお前の面《つら》を見せてみろ！

　イカは文字どおりには「私は逃げた」という意味だ、この名称からして、イカがかくれんぼよりも奥の深い逃走のゲームであることが分かるだろう。それは未知への逃走なのだ。一分で終わることもあれば、いつまでもずっと続くことだってあるかもしれない。それから帰還する、ただしつねに逃げながら、親愛なる「ロラ」を、想像上の光の輪の内側にある家の壁を目指して。それはまるで、逃げながら生きる私たちの未来、たえまなく往来を続ける日々に備えての訓練だった。たぶん、それだから、私は子どものころからイカが好きだったし、帰郷と旅立ちが日常となったいまでも好きなのだろう。「ロラ」はクリキか、ご近所《ギトニア》の家の壁ならどこでもいい、けれど遊び場の範囲、隠れる場所に使えるのは、村全体や、はては渓谷の周辺、ティンパレッロやボスコ・デル・カナーレまで含まれる。わが友エルコレにはそれがよくわかっている、やつがどこへ隠れたか探り当てるのは至難のわざだ。いまごろ、全員を救い出すという責任を双肩に感じているだろう。壁に触り、「ロラ着いた、みんな助けた！」と叫ぶことができれば、仲間たちは自由の身となり、いちから逃走のゲームをやりなおせる、そして私はまた三十一まで数えなおすのだ。少年時代、そうした敗北を喫すると、胸がふさがる思いだった。だが、けっして泣いてはいけない、泣いたりしたらほかのみんなにからかわれる、女子《グライアレッラ》みたいに軟弱なやつだと冷やかされる、とはいえ私は、女子の方が上手な遊びもたくさんあると思っていた。縄跳びは女子の方が身軽だし、「鐘つき」だって女子の方がうまい、五つの石を投げてキャッチする「シュクラヴァイエト」では、女子に太刀打ちできる男子はいなかった。あとは、なんと言っても「指輪遊び」だ。瞳のかすかな動きから、どの手に指輪が渡されたのか、たちまちのうちに見抜いてしまう。軟弱どころの話ではない、お祈りの形に組まれたほかの子どもの手に、自分の手を通しながらぐるぐるまわる、「指輪、指輪」子守歌のように繰り返し、そして不意に問いかける。「クシュ・エ・ア、ウナジン？　指輪をもってるの、だーれ？」私はいまでも覚えている、女子の手は河原の石のようになめらかだった、けれど石より温かく柔らかで、まるで話しかけられているみたいだった。女子の手が、こんなふうに言っている。いつも優しくしてくれるよね、私、あなたのこと好きだよ。指輪遊びの魅力はここにある。男子と女子がいっしょに遊んで、負けたら罰ゲームがある、ときには「ほっぺにキス」などという罰もあって、そんなときはいやが上にも盛りあがる。だけどイカは、隣近所の女子を別にすれば、男子だけが参加する遊びだった。

いい加減本気を出してエルコレを探しに行け、勇気があるならできるだろと、子どもたちがけしかけてくる、待ってばかりではイカはひどく退屈になり、次回から仲間に入れてもらえなくなる。そういうわけで、私に残された道は、エルコレを探して路地へ駆けていくことだけだった。ときおり、家の前の壁に坐って涼をとっている老人のグループと行き合った。「よお、カルミヌ、どこ行くんだ?」老人たちが聞いてくる。適当な返事が思いつかず、私はただこう答える。「ちょっと、散歩にね」そして、泥棒のようにこそこそと去っていく。

曲がり角、壁、木の幹、豚小屋、疑わしい場所はすべて裏手にまわって覗きこむ。そしてついに私はひらめき、子どものころ、エルコレがいつもどこに隠れていたかを思い出した。そして駆け足でコナに向かい、中心部の大通りを離れ、最初に目に入った畑の前で立ちどまる。やつはここだ、子どものときと同じように、土地の仕切りになっているニワトコの茂みに身を隠している。落胆して鈍く光るエルコレの黒い瞳が見えた。「ディル、テ・カム・パレ、出てこい、見つけたぞ」私は叫んだ。そして地面を蹴り、クリキに向かって一目散に駆けていった。背後から、早くも私に追いつこうとするエルコレの素早い足音が聞こえてきた。私たちはコナに沿って並んで走った、広場を横切るとき、子どもも大人も、これが少年時代のロラをめがけたふたりの競争であることに気がついた。エルコレは若いころレッジーナ〔カラブリアのサッカークラブ〕でプレイしていた、とはいえ私だって、百メートルを十一秒三で走った男だ。わかっている、もう三十年も前の話だ、しかしこれは良い勝負だ、まさしく熱戦だ。子どもはエルコレに熱い声援を送っている、私の息子たちまでエルコレに味方している、まるでスタジアムにいるかのように、拍手が、絶叫が鳴り響く。「行け、エルコレ、行け、ロラに触ってみんなを助けて！」もうだめだ、妻よ、息子よ、ラストの数メートルで心臓が破裂しそうになる、それでも私は屈しない。壁に手を投げだして叫ぶ。「エルコレ、ロラ着いた！」まったく同じ瞬間、エルコレの手が壁を叩く音が聞こえる。「ロラ着いた！　みんな助けた！」最後の力を振り絞ってエルコレが言う。

もう息ができない、どっちが先に着いたんだ？　子どもたちは迷いなく言った。「同着だ、ぴったり同着だ、壁を叩く音がひとつしか聞こえなかった！」子どもたちが叫んでいる。「声も同時だった。どうしようか？」

かくして、私は額の汗をぬぐい、壁に腕を押しつけて、また数えはじめる。「ニエ、ディ、トレ、カテル、ペセ……」

レガリテート　正当であること

ここドイツに来たとき、もう数えてもいないがだいたい三十年くらい前、最初に耳で覚えた言葉はブロート（パン）、ビーア（ビール）、ガストアルバイター（外国人労働者）、それに「シュプレヒェン・ズィー・ドイチュ（ドイツ語を話せますか）」、あとは片手で数えられる数字、アインス（一）、ツヴァイ（二）、ドライ（三）、フィーア（四）、フュンフ（五）、そして、私にはよくわからない、いくつもの言語をごた混ぜにした言葉、まったく理解できなかった、ごく簡単なフレーズでも当時は難しかった、それでも、私はオウムのようにその言葉を繰り返した。ダス・イスト・レガール（それは正当である）、ダス・イスト・イレガール（それは不当である）。その後、私は自分にドイツ語を教えこんだ、完璧にではない、私の語学力などたかが知れている、ともかく、自分がどんな世界にいるのか理解できるだけの知識、他人が敬意をもって接してくれるだけの知識を身につけた。

怖がらなくていい、ドイツ人になったわけじゃない、それは違う、ひとつの言葉のまわりを、気がすむまでぐるぐるとまわっているだけだから。ロバ、というか、私たちの土地で言う「ガリウル」として生まれたなら、馬として死ぬことはできない。だけど、いまの私はもう昔のような石頭じゃない、頭は壁にぶつけて割ってしまった、こっちではどこにでも掃いて捨てるほどの壁があるから、草地から立ちのぼる反響程度に、私たちの土地ではごくかすかにしか聞かれない言葉を、自分のなかにしみこませた。レガリテート、正当であること。私の言葉であるアルバレシュ語では使われない表現だ、カラブリア方言ではどう言うのか、そもそも対応する言葉があるのかさえわからない。はじめのうち、それを「エガリテ」と混同していた、私が知っていた数少ないフランス語のひとつだ、レガリテートは平等《エガリテ》という意味だと思っていた、この推測はそこそこ好《い》い線を行っていた、人生の奥底にあっては、けっきょくどちらも同じことだ。ダス・イスト・レガール、ダス・イスト・イレガール。シンプルで、誰にでも当てはまる、ドイツ人でも、私たちのような外国人労働者《ガストアルバイター》でも。

仕事を例にとろう。たしかに私は、ここドイツで、自分の村よりも大きな鋳物工場でこき使われている、私たちの土地に照りつける八月なかばの太陽でさえ、工場で燃えさかる火には敵《かな》わない、だが、最後の一ペニヒまで毎月しっかり給料が支払われるし、時間外労働をすれば手当てももらえる。私は決まって、これ以上はむりだというところまで残業した。じきに、カネは健康に替えられないと悟ってからは、あまり無茶はしないようになった。私は地元の女性と結婚した、小さいころからたがいに好意を抱いていた、子どもがふたり生まれた、いまの世の中じゃふたりが限界だ、ぎりぎりのところでバランスをとりながら人間らしい生活を維持してきた、ここでは一度も獣みたいな扱いは受けていない、想像のなかでさえ。ダス・イスト・レガール、ダス・イスト・イレガール。

南に、私たちの土地にいたころも、飢えて死ぬようなことはなかった、それはない。だが、あくせく働く日々ではあった。れんが積み工、道路工事現場、石材を割ったりオリーヴの木によじ登ったり、要するに、呼ばれればどこへでも出張っていった。どれだけきつくても音をあげなかった。ただ、あのころは百の汗をかいたとして、手にする報酬は多くても十、あるいはそれ以下だった。飢えて死ぬことはない、さすがにそれは大げさだ、だがリタイアしたあとの年金は？　余計に働いた時間の見返りは？　ひとつかみの蓄えは？　未来への小さな一歩は？　ニクス、ここの人間ならそう言うだろう、つまり、なにもなし、朝になれば太陽が昇るのと同じように、公正であり、普通であり、正常であるはずのこと、ひとことで言えば「レガール」なことが、私たちの土地にはひとかけらも転がっていない。

不平の言葉は出てこなかった、まわりにいる仲間たちも、ケトゥ・エシュト・ケシュトゥ、ここじゃそうなんだと言うしかなかった、仕事をするか、嫌なら辞めるか、今日一日を生きられたことを、クリシュティン（キリスト）に感謝しよう。私は愚痴は言わなかった、けれど腹の底では火山が煙を噴きあげているようだった、愚痴は言わなかった、この噴煙をなんと名づけたらいいのかわからなかった、ずっと落ち着かなかった、自分の人生とも、ほかの誰かの人生とも、折り合いをつけられなかった。ダス・イスト・レガール、ダス・イスト・イレガール。いまにして思えば、それは私にとって、遠くから聞こえてくる呼び声のようなものだった。私たちはみな、公正の感覚をもって生まれてくる、やがて誰かがそれを壊す、台なしにする、人でなしどもが、白が黒であり、黒が白であると信じこませようとする、ほかの色なんてない、ほかの色に見えるなら、それはお前がおかしいんだ、やつらはそんなふうに言う、私たちがなにひとつ見分けられなくなることを望んでいる。

三十二歳までは耐えた。それから、自分が働いている企業のトップのところに行って、こう言った。「公正な給料を払ってください、社会保険に入れてください、ぜんぶ規則どおりにやってくださいでなきゃいますぐ出ていって、二度と戻りません」

「じゃあ、出てけ」私の顔を見ようともせずにやつは言った。「だが、出てったなら、自分のケツは自分でふけよ、あとで泣きついてきたりしたら、足蹴《あしげ》にして追い出してやるからな」

私の手にはつるはしが握られていた。やつの頭に振りおろしてやりたかった、当時の私の力なら一撃で、柔らかな土でも掘り起こすように、やつの脳みそに穴をあけてやれただろう。私は足もとにつるはしを叩きつけて出ていった。

そう、私の旅立ちは、一種の逃避だった。ポケットには仕事の契約書と、ハンブルクへの片道切符が入っていた、私の村から見たら世界の果てのように遠い場所だ。心のなかには、わかりやすい言葉では説明できない怒りのかたまりがある、なにも悪いことはしていないのに故郷の家から追い立てられた者の怒り、けれど、怒りのかたまりには解放の感覚もこびりついている、しばらく息をつけるだけの新鮮な空気、雪の空気、新しい、かつて味わったことのない空気。こうして、発っては帰り、帰っては発つことを繰り返すうち、旅立ちに慣れていった。怒りと解放、解放と怒り。行ったり来たりを繰り返したすえに、いま、自分にふさわしい年金生活を間近に控えている、もしやりなおせるとしても、また同じ道を歩むだろう、私はまた旅立つだろう。

　ここでなに不自由なく育った子どもたちは、ほとんどの点で私よりも優れている、けれど彼らはかつての物語をなにも知らない、私は旅立ちについて語って聞かせる、ここで自分に教えこんだ最初の公正な言葉、私はそれを、人生から得た実感とともに彼らに教えたいと思っている。ダス・イスト・レガール、ダス・イスト・イレガール。

「ダス・ハイスト？　チェ・ド・トゥ・スエチ？　つまり？」子どもたちが尋ねる、カラブリア、アルバレシュ、ドイツのアクセントが入りまじった私の口調をからかうように、唇をひん曲げて笑っている。

　つまり？　敬意、尊厳のことだ。

ケルンの大聖堂

ケルンの駅にはじめて降り立ったときは早朝だった。カラブリアから二晩かけてやってきた私は、まだ寝ぼけまなこだった。駅を出てタクシー乗り場にやってくると、粗忽《そこつ》にも旅行かばんにつまずき、地面につんのめりそうになった。回転を終える前の独楽《こま》のように、私の体は数秒間傾いたままだった、その不自然な姿勢から、朝の白い空に向かって刺すように伸びる、大聖堂の巨大な塔を見あげていた。勢いをつけて上体を起こすと、白い空もろとも尖塔は消え去り、明るい色の瞳をしたタクシー運転手と目が合った、運転手はむだのない動きで私の足もとにある荷物をもちあげ、てきぱきとトランクに詰め、私を優しく車のなかに押しこんだ。

リンデンタールのアパートの小さなバルコニーで、大聖堂の塔と再会した。雲やスモッグで見えないこともよくあったが、よく晴れた日には、その堂々とした姿が青空にくっきりと浮かびあがり、手を伸ばせば触れられるのではないか、尖《とが》った先端が指を刺すのではないかという気がした。

その後の数か月間、私は何度も大聖堂の前を通りかかった。イタリアへの里帰りから戻ってきたとき、徒歩で商店街に行くとき、あるいはルートヴィヒ美術館や、人でごった返す飲み屋街へ足を伸ばすとき、かならず大聖堂の前を通った。大聖堂に面した大きな広場を横切るとき、私はぼんやり宙を見あげた、好奇心にあふれる外国人というより、まさしく移民そのものという仕種《しぐさ》で。そんなふうに見ていると、ブロンズ製の大扉のノッカーがかろうじて見分けられた。

強風が吹きすさぶある日のこと、私はイタリアの新聞を買いに徒歩で駅に向かった。背中を曲げて、風に抗って歩を進めた、目にごみが入らないように顔を右に向けて歩いていると、奇妙な壁が視界に映った、厚紙を貼り合わせて作ったもので、遠目にはれんがの壁のように見えなくもなかった。強風に運ばれたのかなんなのか、言葉やイラストが書かれた壁の前に、私はいつの間にか移動していた。はっきりしているのは、私は一時間後もそこにいて、戦争や暴力、人種差別や不寛容に反対するメッセージを読みふけっていたということだ。アベ・ピエールとトニーノ・グエッラのメッセージもあった、いつのことかわからないがここに来たのだ、無数の名もなき人びと、あらゆる人種、あらゆる大陸の人びとに混じって、自分の言葉を残していこうと決めたわけだ。

厚紙が激しい風にさらされてくぐもった音を立てている。渓谷から立ちのぼる、絶え間ない轟音の反響のようだ。それはまた、苦しみにもだえる魂のようにも見えた。病める声を響かせるバベルの塔。とくに印象に残ったのは、クルド人の絶望に満ちた叫び、コソボの女性の怒り、ドイツ在住のトルコ人女性が流す憤懣《ふんまん》やるかたない涙、人種差別反対を訴える悲嘆にまみれた声だった。その壁はある意味で、世界の偽善と暴力に抗するための避雷針のようにも思えた。たしかに、弱々しいしひねりもない、使い古された常套句、ありふれた発想ばかり。それでも私は、その壁の前で気後れを感じていた。

風がおさまるのに合わせて声もやわらいだ、おかげで私はハートや、砕かれた銃や、ごみ箱に捨てられたハーケンクロイツの絵をじっくり見ることができた、原子力発電所の前で悲しげに坐っている子どもたちもいる、その頭上には清らかな世界の夢が浮かんでいる。次に私は白黒のポスターを見た、ボール紙に貼りつけられ、街灯につるされて揺れている。それは第二次大戦のさなかに爆弾で破壊された大聖堂の写真だった。大聖堂のまわりの広場には、深い、むごい穴がうがたれている、町は文字どおり打ちのめされている。私はとっさに写真の上に視線をそらし、壮麗さをたたえる大聖堂の姿を確認した。派手に体がよろめいた、尖塔がいまにも倒れかかってくるとでもいうかのように、両腕で顔を覆った。見知らぬ男性が支えてくれたのでバランスを取り戻せた、大聖堂はもとの場所に戻っていた。

男性が言った。「あなたはアラブ人で、大聖堂に来るのは今日がはじめてだ。当たりでしょう?」アラブ人と間違われるのはこれがはじめてではなかった、ドイツでもイタリアでも間違われたことはある。だが、ふたつめにかんしては当たりだった。軽く言葉を交わしたあとで向こうは名乗った、ヴァルターというらしい、教師でありアーティストでもある、私が見ていた壁は彼が作ったものだった、クラーゲマオアー、「嘆きの壁」と呼ばれていて、排除された者や、疎外された人びとや、平和主義者らに声を与えることを目的としている。ヴァルターは私を見ながら、満足げにほほえんだ。だいたい五十歳くらいだろう。緑のダッフルコートを着ている、袖がほつれ、彼の栗色の長髪と同じように脂で汚れている。のりがこびりついた手で、ボール紙の位置を直している。こんなことが書かれている。ヴィーア・ズィント・アオスレンダー・ファスト・ユーバーアル！　ほとんどどこにいても、私たちは外国人だ！　ヴァルターと友人たちはナチスキン〔ナチスに傾倒するスキンヘッドの若者〕に、じつに三度にわたって手ひどく痛めつけられ壁を破壊された、そこでヴァルターは、昼も夜も壁を見はることに決めたのだった。ベニヤ板と段ボールでこしらえた即席の小屋に、丈夫なビニール製の雨覆いをかぶせ、そこで寝起きしていた。ボール紙を友人に託したヴァルターは、こちらから頼んだわけでもないのに、私を大聖堂のなかに案内してくれた。

理想的なガイドだった。大聖堂のことならなんでも知っているし、この場所に深い愛着をもっていた。ヴァルターは言う、この建築はひじょうに調和がとれている、人体の美がそうであるように。一二四八年、コンラート・フォン・ホーホシュターデン大司教が建造に着手したが、作業の完了には数世紀を要し、現在の姿になったのは一八八〇年のことだった。ヴアルターは私に、聖歌隊席の格子に面した拱廊《きょうろう》にある聖人の絵画、キリストやマリアといっしょにいる使徒の模型、九七〇年代制作の「ゲロの十字架」、ゲーテがその美しさに感嘆したことでも知られる、一四四五年にシュテファン・ロッホナーの手で描かれた三連祭壇画《トリプティク》の祭壇を見せてくれた。光が氾濫《はんらん》するステンドグラスの中央で「マギの礼拝」が輝き、その上部には金色の星が浮かんでいる。ここで、私の専属ガイドは思いがけない言葉を口にした、この大聖堂を「浮遊するような」と形容したのだ。ここはいわば天空の大聖堂だ、ドイツの大聖堂のなかでも類を見ない、壮大なスケールを備えているにもかかわらず。

たしかにそのとおりだ。外観だけ見れば、流星の直撃を受けて炭化した巨大な象のようでもあり、陰気で不安を誘う建築であることは否めない。だが、いざなかに入ってみると、澄み渡る色彩に輝く空のなかを、ふわふわと浮かんでいるような気がしてくる。そう、その光が私を酔わせ、体が軽くなったように感じさせる、まるでグラス一杯のワインをひと息に飲んだみたいに。上を見あげて光の瞬《またた》きを堪能した、何時間でもそうしていられそうだった、けれどガイドが私を現実に引き戻した。ここにはまだ、すくなくともあとふたつか三つ、ぜったいに鑑賞すべき神聖な作品があるという。

マギの聖遺物が保管されている宝石箱の前に案内された、この地上に存在する数ある金銀細工の傑作のなかでも、もっとも豪奢な部類に入るに違いない、五十年におよぶ入念な職人仕事の結晶だとガイドが言った。百五十の宝石がちりばめられ、宝石の飾りバンドは純金製でどっしりと重みがあり、キリストの偉大さを象徴している。

私は子どものころからマギの物語が大好きだった。神の御子の生誕を祝うため、贈り物を持ってキリストを探しにやってきた偉人たち、けれど私にとって、マギにはそれ以上の意味があった、マギは不屈の精神を持った旅人だ、はてしない道を越え、世界を渡り歩き、素晴らしく美しい景色をいくつも見てきた、夜空に輝く大きな星がマギを導いていたから、道に迷う心配はなかった。子どもの私は想像した、家族のために仕方なく旅人となり、まずはフランスへ、やがてはドイツへ移住した僕の父さん、父さんもまた、みずからの星を空に見つけ、無事に家に帰ってこられますように。要するに、私は子どもらしい純真な愛情を東方の三博士に抱いていた、マギはほかの誰よりも神聖だった。

私のガイドは、恐るべきライナルト・フォン・ダセルの旅について語った、フリードリヒ一世の書記官をしていた人物だ、彼はミラノで、マギの聖遺物を戦利品として略奪し、教皇アレクサンデル三世が遣わした追っ手をまんまと出し抜き、ライン川の左岸を北上してケルンまでたどりついた。つまりマギは、死してなお旅を続ける運命にあったということだ。

考えにふけりながら移動していたのか、ふと気づくと、シュムックマドンナ、「宝石の聖母」の祭壇の前にひとりで立っていた、宝石が聖母を美しく飾っていることから、このような名前で呼ばれている。

聖母と向き合った瞬間、不意に目まいに襲われた。聖母と赤子の優しい眼差しを浴びながら、亡くなった家族ひとりひとりのために小さなろうそくに火をともした、まるではじめからそれが目的であったかのように、いまは亡き大切な人びとを想起するために大聖堂へ来たかのように。

聖母の体で露わになっている部分は、赤子の方へ愛しげに傾けている頭だけだった。モアレ〔波状の光沢がある絹織物〕の白いドレスが全身をすっぽりと覆い、雪が降りつもる山裾のように足もとに向けて広がっている。帯状の髪飾り、真珠のネックレス、時計、あらゆる形の金の十字架など、祈願成就に感謝する奉納物が聖母に捧げられている。だが、私を惹きつけたのは宝飾品の輝きではなかった、ダイヤモンドのようにきらめく薄く開かれた聖母の目と、幸福な魂のように彼女の足もとで踊る生き生きとしたろうそくの炎にこそ、私の心は魅了されていた。

もちろん、神聖な息吹はほかの場所でも感じたことがある。それは南から、カラブリアからやってくる、神聖とされる無数の土地がカラブリアの全域に点在していることから、作家のコッラード・アルヴァーロはこの州を「太古の聖域」と呼んだ。だが、シュムックマドンナの前に立ったいま、私は息吹だけでなく、神聖なる光までこの手につかんだような気がしていた、それどころか、光の迷宮に閉じこめられて迷子になった気分だった。

すこしのあいだ、少年時代に慣れ親しんでいた、はるか遠くの祭壇へ投げだされた。私の故郷の村にある、聖ヴェネランダ教会の祭壇だ、教会は十七世紀に、まだギリシア正教の典礼を手放していなかった私たちの祖先によって建造された。これは五歳のころの記憶だが、ろうそくの炎や、胸に赤子を抱く聖母のばら色の頬《ほほ》のことは、いまでもよく覚えている。私は母の腕に抱かれていた、父はすでに遠くの土地で働いていた。たくさんの人が周囲を行き交い、古くからある、素晴らしく美しい教会から、聖人像や宗教画を運び出している、なぜなら教会は近いうちに、完全に解体されることになっていたから。なぜあのような全面的な取り壊しが必要だったのか、子どもの私にはわからなかったし、いまでもわからずにいる。

私はしばらく、シュムックマドンナと言葉を交わした。傷ついた母に語りかける息子のように。こちらの頭に手を置いて祝福を捧げてくれる、小さな無口の母にたいしてするように。

大聖堂が閉まる時刻になって、仕方なく出ていこうとすると、かすかに震える電気の光が色とりどりの窓を通じて入ってきた。けれど外では、神聖さはなおも強い光をあたりに投げかけ、巡回し、広場全体を照らしていた。ひらひらとはためく思考の壁が、金色の光を反射して輝いている光景は、とりわけ印象的だった。あの光の迷宮では、糸の両端で、神聖さの感覚と人間的な事柄が、シュムックマドンナと思考の壁が出会うのではないかと思えた。わかちがたい結びつき、自分から探し求めることはできない場所が、いま私を見つけてくれた。

ケルンで過ごした長い年月、この場所への愛着はずっと変わらなかった。まずは大聖堂に入り、シュムックマドンナにろうそくを奉献する。炎が賑やかに私を迎え、聖母は私の頭に片手を置く。それから外に出て、わが友人にして番人のヴァルターにあいさつし、新しい平和のメッセージに目を通す、言葉たちは大聖堂の光のもとで活気づき、あらゆるレトリックのしがらみから解放される。

　数年のあいだ、ドイツのふたつの学校でイタリア語を教えていた、ケルンのなかでも外国人の多い界隈、ミュールハイムとホルヴァイラーの学校だ。イタリア語を習得するよう生徒たちに動機づけするのは簡単ではなかった、ドイツで生きていくつもりの若者たちに、イタリア語を学ぶ必要性など理解できない、家では両親の生まれ故郷の方言で会話するが、子ども同士では移民に特有の語彙が混じったドイツ語で話していた、みずからのあいまいなアイデンティティを、周囲の人間に気取《けど》られないようにするために。とはいえ、私の生徒たちは聡明でしっかりしていた、両親の文化的、社会的な水準を超えるように励みつつ、それを重荷とすることもなかった。

　ときおり、天気が良い日には、生徒たちを思考の壁に連れていった。人生を信じるため、抵抗するための理由を、生徒にも見つけてほしいと思ったからだ。もっと言えば、自分と同じような人間はたくさんいるということに気づくための、深い思考に出会ってほしかった、きみに語りかけ、きみの言葉に耳を傾けてくれる、生身の人間がいるということに気づいてほしかった。もしかしたら、光を垣間《かいま》見《み》た生徒もいるかもしれない。

　夏のヴァカンスに発つ前日、いつもどおり、大聖堂の前を通りかかった、相変わらず強風が吹き荒れていた。湧きあがる不安を抑えながら、私はあたりを見まわした。クラーゲマオアー、嘆きの壁がない。影も形も。

壁はたびたび抗議を受けてきたとヴァルターが言っていた、というのも、良識ある市民の意見によれば、壁は広場と大聖堂の「美観を損なっている」からだ。たくさんの友人が世論に働きかけ、優秀な弁護士を手配してくれたが、それだけでは足りなかったということだ。

通りかかった人から、壁は広場から遠い別の場所に移されたのだと教えてもらった。見に行こうという気は起きなかった。それはもう、以前と同じ壁ではないだろうから。

聖母にあいさつするために大聖堂に入ってみると、聖母もまた立腹していることがすぐにわかった。ろうそくの炎は気がおかしくなったようだった。苦い涙のように濃いどろどろの蠟《ろう》のなかに沈み、いまにも消えてしまいそうだった。

言葉だけなら

あいつの地元、クロトーネの柱廊で偶然会った。ここ数年、何度も経験したことだ。まるで、人ごみのなかでたがいを探しているみたいに、気力を取り戻すために、たがいを必要としているみたいに。

「帰ってきたか」私の頬《ほほ》にキスしながらニコラが言う。一週間はひげをそっていない顔で、白いものの混じったひげがちくちくと硬く、ウチワサボテンの棘《とげ》みたいだった。

「ひさしぶり」再会できたことを喜びながら返事する。私たちはクロトーネの学校に通っていたころの同級生で、当時はなにをするにもいっしょだった。やがて、私は故郷を発ち、ニコラは残った、長年にわたって、私は故郷への郷愁を、ニコラは旅立ちへの憧れを募らせていた。たがいをうらやましく思い、自分のいまの生活には不満を抱いていた。カラブリアという同じ土地の、表と裏のような関係だ。

しばらく、再会したときのお決まりのやりとりを交わした。元気か？　ああ、そっちは？

お前は変わらないな。そっちこそ、むしろ若返ったように見えるぞ、良い色に日焼けしてるじゃないか。さて。

儀礼的なやりとりを打ち切るために、向こうも待っているだろういつもの質問を切り出した。「こっちではなにか、変わったことは?」

ニコラはからかうような笑みを浮かべた。「あるような、ないような、だな」そして、駐車場の方へついてくるように合図してきた。ポケットに地域紙が突っこまれた、青いジャケットを着ている。「新しいニュースはチェックしてる。新聞の記事を読んで、好き勝手言ってる評論家の言葉を聞いて、たいていのことに自分の考えをもてるようにしてるんだ。どうせなんの役にも立たないけどな、だって、物事はこっちの事情なんてお構いなしに勝手に進んで、たいがいはどこにも行きつかずに、蟻地獄に飲みこまれてくだけなんだから。言葉に、ご立派な議論に、よくもまあ次々と。俺たちの土地でもよく言うだろ、言葉だけならタダだって」あいつの古いヴェスパに乗るよう私に促すと、ニコラはエンジンをかけて出発した、そのあいだもずっと話しつづけていたが、どこへ向かっているのかは言わなかった。「今日はお前に、怪物《キメラ》を見せてやろうと思ってな」

ニコラの言葉は、遠い夏へ私を連れ戻す風にまぎれて、途切れがちにしか聞こえなかった。ニコラこそ、私たちの土地の魔法と現実を、私に教えてくれた張本人だった。カポ・コロンナの太古から続く静けさ、海のなかに立つラ・カステッラの堂々たる城、ヴェルツィーノの神秘的な洞窟、アチェレンツィアの打ち捨てられた集落、野天の違法ごみ処分場、クロトーネの錆びついた工場、そこから出る有害な（ときには放射性の）廃棄物は、青々とした無垢なる丘の下に隠されたり、学校の校庭に立つ建物や公共施設の建材として再利用されたりする……

　夏場の混沌とした交通渋滞をジグザグに抜けて町はずれに向かう。車の往来が少ない道を走り、穴ぼこを通過するたび派手に車体を揺らしながら、ヴェスパはようやく一〇六号線にたどりついた。壊滅的なまでに危険な道路とイオニア海のあいだに、いまなお電化されていない鉄道が走っている。信じがたいことに、これがレッジョ・カラブリアとターラントをつなぐ唯一の路線なのだ。「現代化を約束する言葉を、いったい何度聞かされたか！」ニコラが大声で言った。「言葉だけならタダだからな、一〇六号線で死んだやつらはもう喋らない、まだ生きてる俺たちだって、ときたまぶつくさ言うだけですぐに寝ちまう」

　秩序もなにもない郊外を後にすると、ニコラはほっとしたように言った。「このあたりには春に来なきゃだめだ。色と香りであふれかえってる、花は花屋の売り物よりもきれいなんだ。高貴で、健康で、気品のある花たちだよ。あんな香り、お前が暮らしてる北の方じゃ、夢のなかでしか出会えないぞ」

　パレーカ、つまり、どこか遠い星から来たわけじゃないぞと言ってやりたかった、私だってここで生まれ、ここで育ったのだ、色も、香りも、味も、その苦さも知ってる、ぜんぶが私のなかにある、なあニコラ、私はなにひとつ失っていないんだよ。だが、ニコラは耳を貸さないだろう、事故を起こさないように、いまは運転に集中している。

舗装されていない緩やかな坂道をのぼってゆき、粘土質の丘の上でとまった。私たちはヴェスパを降りた。

「さあ、幻想を捨てて、怪物《キメラ》と向き合え」ニコラが真剣な顔で促してきた。

眼下にはクロトーネの町並みが広がっている、そして、光を放つ不格好な構築物は、いまはもう稼働していないペルトゥソラとモンテカティーニの毒を孕んだプラントだ、何年も前から、有害物質の除去を早急に行うことが予告されているが、約束の言葉が守られたことは一度もない。耕作地のあいだを流れるネト川の河口が、海に向かって漏斗のような形を広げている。そこはあらゆる鳥が羽を休ませ巣作りをするオアシスだ、アカウミガメや、私たちの土地にしか生息していない二種の希少なウミガメも生息している。静かで幻想的な場所だ。伝説によれば、ここがあまりにも美しいから、男たちとともに戦火から逃れてきたトロイアの女たちは、この土地に永久にとどまるために、こっそりと船を焼いたという。

それで、怪物《キメラ》は？　それを見てとるには、いくらか想像力が必要になる。それは化け物というよりは、目を開けて見る夢なのだ。このあたりには、敷地面積千二百ヘクタールにおよぶ、巨大な行楽地が建造されることになっている、合計七万人を収容できる宿泊施設、ゴルフ場、ディズニーランドのような娯楽施設、プール、スタジアム、一日に五十機が着陸するサンタンナ空港から観光客を移送するための地下鉄などなど。

　少し前、イスラエルの企業家が、協賛者を引き連れてクロトーネにやってきた。信頼を醸成するためのよくできたプレゼンテーション映像を披露し、自分はスイスとイギリスの企業家集団のトップであると説明した、私の仲間はみな誠実で真面目な人たちです、請け合いましょう。五十億ユーロかそれ以上の金額を投資したいと企業家は言った、何千という雇用が創出され、何百万という観光客が押し寄せるでしょう。ただし企業家は、似たようなプランをギリシアで提案してすでに断られていることは黙っていた。私たちの土地、ここカラブリアでは、先祖伝来の仕事への飢えがある、何世代にもわたって移住が続き、村はいまにも息絶えようとしている、目の前で踊る数字が目まいを引き起こす、私たちの脳みそにはとても収まりそうにないほど大きな数字、「アメリカのおじさん」ならぬ「イスラエルのおじさん」には明確なプランがある、ヘーゼルナッツでも弄《もてあそ》ぶみたいに、何十億という投資について言葉を重ねる。

　そう、仕事。多くの人びとが熱を込めて首を縦に振った、先頭に立ったのは当時の首長だった。あなたの問題を解決しましょうと言ってきた相手に、「ノー」と答えられる人間がどこにいる？　なにしろこのプロジェクトには、詩的かつ説得力に満ちた、宗教的とさえ言える名称がつけられていた。ヨーロッパの楽園《エウロパラディーゾ》。環境保護論者はすぐさま反応した、常軌を逸した投機だ、景観破壊だ、楽園どころか地獄だ、ネト川河口は特別保護区であり、公共の利益のために守られるべき土地であることを忘れたのか、すると推進者たちは反駁した、ウィルスを媒介する鳥だの、葦《あし》の茂みに身を隠している亀だのより、仕事の方がはるかに大事ではないか。底辺の生活から抜け出し、進歩の列車に乗り遅れないようにするためには、環境保全というしがらみから自由になることが必要なのだ。

「仕事なのか、ゆすりなのか」ニコラはそう言ってため息をついた。

自分だって、なにがなんでも断るべきだと思っているわけじゃないとニコラは言った。ただ、桁外れの数字が恐ろしい、たんなる仮説でしかない富のために、自分たちの美しい土地、すなわち、魂の一部を売り払うことが怖いんだ。それは後戻りできない道、俺たちには属していない、俺たちの身の丈には合わない発展だ。この美しい場所に、これ以上コンクリートを流しこむことがほんとうに必要なのか？　それよりも、いまもっているものの価値を高めるべきなんじゃないのか？　あのよそ者はコンクリートを置き土産にして、用が済んだら一目散に去っていく算段じゃないのか？

ネト川の水が私たちの海に流れこみ、遠くで波が揺れている、ニコラは河口をうっとりと見つめている、あたかも、川や海から返事が聞こえるのを待っているかのように。待つあいだ、言うだけならタダの言葉を、逆風にあらがってまた空中に放ちはじめた。怪物《キメラ》みたいなもんだ。ヨーロッパの楽園《エウロパラディーソ》なんて途方もない事業を前にしたら、俺たちの土地のアイデンティティはいったいどうなる？　この話はどこに行きつくんだ？

そして、突然こちらを振り返り、驚きと苛立ちのこもった眼差しを私に向けた。いまはじめてお前の存在に気がついた、すべてお前の責任だ、そんなふうに言いたげだった。

「賭けないか？　よく冷えたビールを一ケース。地元の犯罪組織はすでに、この事業の奥深くまで食いこんでる、イエスかノーか？　いつもどおり、最後にはすべて裁判沙汰になる、イエスかノーか？」捕虜を尋問する兵隊のような調子で、ニコラが唐突に訊いてきた。

「わかった、そんな口調で訊いてくるなら、賭けてやるよ。ひとつまみの楽天主義さえ許されないなら、どうやって人生を生きてくんだ？　解放の希望も、かすかな光もなかったら、いったいどこで……」

ニコラの粗野な笑い声が私の言葉をさえぎった。「……解放の希望……かすかな光……」オウムのように私が言ったことを繰り返し、苦々しげな笑みを浮かべて言った。

「ならお前は、この件がうまくいくと思ってるんだな？」

「そんなこと、俺が知るか」

「ああ、そう言うと思ったよ。お前ら発っていった連中はなにひとつ知らないんだ、俺たちの土地でなにが起きてるかなんて、これっぽっちも興味ないんだからな」

「おい、それは違うぞ、わかってるだろ……」私は平静に答えた、けれどニコラがなにを言いたいのかわからなかった、機嫌が、口調が、眼差しがいきなり変わってしまったのは、いったいどういうわけなのか？

「わかってる、こっちは俺たちだけで闘わなけりゃいけないんだ、誰も手助けしてくれない、政治家が考えてるのは、自分の権力をどうやって維持するかってことだけだ、汚れずにいられる政治家はごく一部で、俺たちのように孤立している。犯罪組織は見込みのある業種すべてに触手を伸ばしてる、俺たちはもうきれいな空気を吸うことさえできない、窒息寸前だよ、お前らは自分たちの都合で発っていって、夏になると数週間だけ帰ってくる、良心と折り合いをつけるために……」

「なあ、冗談よせって。この土地から追い払われて、戻ってくればうっとうしい観光客みたいな扱いを受ける俺たちに、いったいどうしろってんだ？　ここから何千キロも離れたところに暮らしてる人間に、なにができるっていうんだよ？」

ニコラは今度は、わざとらしい、耳につく笑い声を爆発させた。

「思ったとおりだ。いつものアリバイ、悪いのはほかの誰か、遠くに住んでるから仕方ない……気の毒な連中だよ！」

「なにがしたいのかさっぱりだ。怪物《キメラ》のことで口論するために連れてきたんなら、俺は帰らせてもらう。うんざりだ。俺の車まで送ってくれ。もうお前の話は聞きたくない！」

「いいや、聞かなきゃだめだ！」ニコラは叫んだ、私の胸を指さしている、まるで短剣で突こうとするみたいに。苦い胆汁で保存されていた言葉をやつは吐きだした、言葉だけならタダだから、ニコラ、きみにとってはそうかもしれない、でも私は違う。ニコラは私を非難した、お前は傲慢だ、事なかれ主義だ、自分勝手だ。それからやつは、その場で適当に創作したか、このときの怒りで脚色されたのであろう、私たちの若き日のエピソードをほじくり返した。ニコラによれば、私が学校の成績でつねに優位に立っていたのは、単純に、私が人の四倍勉強していたからだった、しかし私にニコラのような知性はなかった、海へ遊びにいくためにいんちきのストライキが企画されたときもばか正直に登校した、それもこれも、教師に取り入ってニコラを貶《おとし》めるためだった。だがそれよりも——いちばん重大で、卑劣で、許しがたいのは——一度女に目をつけたら、それがニコラの相手だろうとなんだろうと、自分のものにしてかっさらっていったことだ。まるで昨日起きたことのように、私たちがふたりとも十六歳であるかのようにニコラは語った。黒い怒りがやつを駆り立てる。「覚えてるか、サン・ジョヴァンニ・イン・フィオーレの女子、クラスでいちばん美人だったあの子だよ。何か月もかけて口説いて、あとすこしで俺のことを好きになりそうだった。そこにお前が割り込んできた、田舎の優秀な若者ですってな顔で、奥手そうな笑いを浮かべて、作り物のおずおずした視線で、俺からあの子を奪っていった。しかもお前はあの子を泣かせた、誰とでも寝る別のクラスの尻軽に乗りかえたんだ」

　ああ、覚えているとも、誰よりもきれいだったあの子、どこまでも黒くて深い瞳、真っ白の完璧な歯、クラスの男子はみんなあの子を狙っていた。夏の気配が漂いはじめた五月のとある一日、陽射しを楽しむために学校にたいする抗議運動をでっちあげたとき、朝方の海辺で交わした一度きりの無垢なキスのことも覚えている。ただしあの子は私の恋人ではなかったし、ニコラも含めた私たちのなかの誰ひとり、あの子と付き合えた男子はいなかった。だから、どう応じたらいいのかわからなかった、青春時代の遺恨をすべてここで吐きだしたら、ニコラは私を家に帰してくれるだろうか。だが、やつはなおもまくし立てた。「傲慢なんだよ、あのころも、いまのお前も。他人のことなんてどうだっていいんだろ」そして、私の胸のあたりをどんと突いた。

「その手を下げろ、いい加減にしてくれ」ついに私も大声を出した、村の若者に戻っていく感覚だった、ニコラがまだ続ける気なら、鼻面に頭突きをお見舞いして、丘から転落させてやるところだ。

ニコラはようやく黙った。足と手がかすかに震えている。

「俺たちの若いころの、そのしようもない作り話が、ヨーロッパの楽園《エウロパラディーゾ》とどう関係あるんだよ?」

今度はニコラが返答に窮していた。私もそれ以上はなにも言わず、おそらくは悔恨のために震えているのだろうニコラを見守っていた、ニコラは同じ言葉を力なく繰り返していた。

「関係ある、関係あるさ……」それから町の方角へ、早足で丘をくだっていった。

翌年六月、もう何度目かわからないカラブリアへの帰郷を準備していたとき、一通のメールが届いた。知らないアドレスからだったが、題名を見て椅子から飛びあがりそうになった。「ヨーロッパの楽園《エウロパラディーゾ》」。息せき切ってメールを開封すると、インターネットサイトからコピーした長い記事が貼りつけてあった。黄色で強調された箇所には、こんなことが書かれていた。「巨大事業のにおいを嗅ぎつけた犯罪組織は、施設の誕生を利するためにあらゆる手段に訴え、地元自治体からEUの諸機関にいたるまで、あらゆる組織の代表者に働きかけを行った。ヨーロッパの楽園《エウロパラディーゾ》事業に関連して、犯罪組織との共謀、贈収賄、職権乱用など、さまざまな罪状で十名が起訴され、月曜午前から予審が始まった……」

記事の下に、送信者からの短いメッセージが添えられていた。

「はじめから、お前が勝てばいいのにと思ってた。お前の楽観主義に勝ってほしかった。残念だけど、賭けは俺の勝ちで、ヨーロッパの楽園《エウロパラディーゾ》は怪物《キメラ》のままだ。でも、次にお前がカラブリアに戻ってきたとき、謝らせてほしい。また昔みたいに、お前のことを迎えたいから。ばかなことを言ってお前を責めて、悪かったと思ってる。でも、知ってるだろ。お前と同じで俺も石頭なんだ、一度間違ったことを言ったら、とことんまで間違いつづける、最初の間違いを認めるのがいやだから。よく冷えたビール一ケースは俺が払うよ、ふたりで〈希望〉のために乾杯しよう。帰りを待ってる。ニコラ」

ナチスキン

「ほとんどどこにいても、私たちは外国人だ！」いい言葉だね、先生、紙とペンをくれるなら、活字風に書き写したいくらいだよ、でも「ほとんど」はいらないかな、先生の言葉、ぜんぶちゃんとわかってるわけじゃないけどさ、だって家では、父さんとはカラブリア語で、母さんとはドイツ語で話してるから。だからって、俺がイタリア語をまじめに勉強してないなんて言わないでくれよ、ミュールハイムの学校のレッスン、行けるときは喜ん《ゲルン》で通ってるんだし。まあ、クラスメートは好きじゃない、臆病なやつ卑怯なやつばっかりだ、あいつら、ドイツ人の学校でもイタリア人の学校でも優等生やってるけど、人生についてはなんにも《ガール・ニヒト》わかっちゃいないんだ。

え、俺？　俺は先生より人生のことわかってる、気を悪くすんなって、誓うけど、これはうぬぼれてるんじゃない。学校じゃ、あいつはナチスキンのことで頭がいっぱいだとか言われてるみたいだけど、ぜんぜんそんなことないしな。それに、正直に言わせてもらえば、暴力をふるうのってナチスキンだけじゃないだろ、先生は文法《グラマティック》のことはよく知ってるけど、ほかはさっぱりなんだな。たしかに俺は悪いよ、でもそれには理由がある、俺は髪の毛の色なんて見ない、もうやられっぱなしじゃない、なにされても黙ってると思ったら大間違いだ、俺の方から乗りこんで、顔面に一発お見舞いしてやる。名前も知らないミュールハイムの不良連中に絡まれたときは別だけどさ、あいつら、俺をとっつかまえてこう言ったんだ。さあ、どうする、ひとりで俺たちとやるか？

どうしたらいいかわからなかった、向こうは十人以上いたんだ、勝ち目はないよ、だから俺は黙ってた。逃げようとしたら囲まれて、体を押されて、誰かに足を払われてすっころんだ。立ちあがって守りを固めて、怒りにまかせて叫んだんだ。このクソども、かかってこい！ 自分の耳が信じられないってな顔で、やつらは俺をまじまじ見つめ、そのあとすぐにこう言った。行けよ《ゲー・ヴェグ》、お前は腰抜けじゃなさそうだ、やめてください、乱暴しないでくださいとか言って、大騒ぎしなかった。お前はちっともびびらなかった。

ほんとはびびってたよ、びびりまくってたよ。それでやつらに訊かれたんだ。お前、名前は？ トルコ人か？ 俺が《イッヒ》？ トルコ人？ 俺はプリンチペ・ジュリアーノ、カラブリアのもんだ。

いいか先生、たしかにあの不良どもはめちゃくちゃに暴力をふるう、たぶんナチスキンよりひどい、でもナチスキンより真っ当だ、俺たち外国人の家に火をつけたりしない、そこまで卑劣じゃない。

またかよ？　俺の頭にはナチスキンが、釘みたいに打ちこまれて離れないって？　昔の話さ、たしかに前は、しょっちゅうナチスキンのこと考えてた、釘は釘でも錆びた釘だ、俺の脳みそをちくちくと刺して、怒りで皮膚が腫れあがってた。

俺はナチスキンをこの目で見た口からでまかせを言ってるんじゃないぞ、この町で見たんだって、なあ先生、ほんとに知らないのか？　夜に散歩に出かけたんだ、そう、ひとりだよ、俺の彼女《フロインディン》はナポリ人で、九時より遅くの外出は親父さんが許さないから。が卑怯者だってことは、俺もよくわかってる。あのときは車で来た。白のメルセデスに四人が乗ってた、俺を見かけるなり速度を落として怒鳴りつけてきた。くそったれの外国人め《シャイス・アオスレンダー》、先生、わかるか？　声がした方を見た、つるつるの頭が四つ見えた。俺は汚いものを見るような目でにらみ返して、あいつらに言ってやった。最低最悪のクズどもが！　車は急ブレーキでとまった。ふたりが車から降りて近づいてきた、ひとりはスパナを、もうひとりは野球のバットをもってた。こうなりゃやることはひとつしかない。俺は逃げた、やつらは追いかけてきた。飲み屋《クナイペ》が見えたからそこに飛びこんだ、一杯のビールを一時間かけて飲んだ。あの日から、外出するときはいつも武器を持ち歩くようにしてる。

だったらなんで、カラブリアに帰って向こうで暮らさないのかって？　いい質問だ、口をきけるすべての腰抜けに幸いあれ！　余計なお世話ってやつだよ、そもそも俺はケルンの生まれだ、この教室の優等生たちといっしょさ、それに、父さんの故郷じゃ地元の人間だって仕事にありつけないんだ、先生も知ってるだろ、仕事できる年になった途端に故郷を捨てるんだよ、そんなとこによそ者がやってきたらどうなると思う、ケツに蹴りを入れられて追っ払われるのが落ちだ、仕事どころの話じゃないって。あっちで過ごすのは、ヴァカンスの季節だけでいい。

でも去年、八月の夕方、俺の大好物の貝の胡椒焼きを海辺のレストランで食ってたとき、バイクに乗った二人組がやってきたんだ、どっちもヘルメットをかぶってた、あっちじゃほとんど誰もつけてないのに変だなと思ったよ、案の定、客でいっぱいの店内にやつらは銃をぶっ放した。最初の銃声を聞いたあと、俺は夢中でテーブルの下に身を隠した、きれいな貝がツバメみたいに空中を飛ぶのが見えた、店の床には、界隈を仕切ってる組織の男がひとり、よそからやってきた観光客ふたり、それに地元の子どもがひとりぶっ倒れてた。

父さんの故郷はあの日、俺の心から半分欠け落ちた、たまには思い出すし、帰りたいと思うこともあるけど、ずっと住みたいとはぜったいに思わない。

だから俺が言いたいのは、先生、どこにいても、ほとんどどこにいてもうんざりだってことだよ。俺は言葉をしっかり勉強したいと思ってる、ドイツ語、イタリア語、英語、できることならフランス語にスペイン語も。いま言った言葉で話す友だちがここにはたくさんいるから、勉強するときは助けてもらえる、学校を卒業して成人したらすぐにここを発つんだ、どこに行くかはまだ決めてないけど。

なあ、先生は地理にも詳しいんだろ、だったら教えてほしいんだ、人をこん棒で叩きのめそうとするナチスがいなくて、うまい貝の胡椒焼きをのんびりくつろいで食えるレストランがあるような場所、世界のどこかにあるのかな？

村は行列のさなかに

六月、じりじりとした暑さがただよいはじめた空気のなかを、ぴかぴかの靴、釣鐘《つりがね》型のスカート、祭礼のズボンという出で立ちの行列が進んでいく。疲れを知らぬツバメたちで、空は真っ黒に染まっている。疲れを知らないのは楽団も同じだ、歩調を合わせ、陽気なマーチを路地という路地へ解き放つ。音楽は周囲の渓谷に迷いこみ、やがて私たち子どもの唇へ戻ってきて、くぐもった残響があたりに広がる。カルフィッツィの道路はまだ砂利敷きだ。腕に赤子を抱き手に白ユリをもった聖アントニオがぴょこぴょことはねているが、さいわい落下はしない、村でいちばん屈強な男が肩でしっかり支えているからだ。かたわらでは、像の担ぎ手を務める四人の男が、心地よい暑気のなかで笑顔を燃やしている。ジャケットの鳩目にはカーネーションが挿《さ》され、つまずいて転ばないよう砂利の地面をじっと見つめている。

ずしりと重く、七人の担ぎ手のシャツを汗だくにしている聖ヴェネランダとくらべると、聖アントニオを運ぶのはさしたる重労働ではない。聖アントニオは、ワインのコルクのように軽いのだ。子どもで歩幅が小さい私には、この聖人が暑気のなかを駆け足で進んでいるように見えた、まわりには頭をきれいに剃った小さなアントニオたちがいる、裸足の子どもが栗色の修道服に着られて、がやがやとなにか喋っている。その様子を、母親たちが心配そうに目で追っている。子どもが病気になったため、母親たちは冬に誓いを立てていた。聖人のとりなしによって、わが子はユリのような輝きを取り戻したのだ。

パラッコの坂道をのぼった先には、屋台の立ちならぶ広場が開けていて、仮設のステージではすでに、晩の催しの準備が完了している。聖アントニオも担ぎ手も休んでいる、屈強な男と演奏家がビールやオレンジのサイダーで喉をうるおし、リネンのハンカチで汗をふいている。父さんはどこだろう？　はやる気持ちを抑えながら、人ごみのなかに父親の姿を探す。聖人は傾斜地にそって立つ古い家々の屋根を見つめている、父さん、どこにいるの？　するとついに、私の手を父の手が包みこんだ、硬くてがさがさした父さんの手が。もう片方の手には、ジェラートの大きなコーンがトロフィーのように握られている、聖アントニオの修道服と同じ色だ。

突然、陽光に照らされた広場で、楽団が演奏を再開する。父の白シャツがいちばん前の列で輝いている。父はクラリネットを吹いている。それでも私は、人ごみのなか、自分がひとりぼっちだとは思わない、父の手の感覚、溶けて指のあいだを垂れていくジェラートの感覚が、まだ残っている。すると父が私を見つめる、けれどももちろん、それはいまの私、あのころの父さんよりも年をとった私だ、あの日の遠い眼差しを私は思い浮かべる。楽団は雄大なマーチを奏で、私の父は故郷を離れた者に特有の、迷子になったような目つきをしている。まだ外国に発ったわけでもないのに、もう引き返したくなっている。すこしのあいだ、父は私のもとへ戻り、ハンカチで手をふいてくれた。行列は暑気のなかを進んでいく。父は農夫で三十歳、きれいにそろえた口ひげを生やし、ポケットにはフランスの鉱山で炭鉱員として働く契約書が入っている。ヴァシャリアの路地に入っていった聖アントニオのあとに楽団が続く、村は祭礼のために着飾っている、ちびっ子の修道士たちは早くも疲れきって腹を空かせている。あちこちから婦人《ゾニア》が出てきて、色鮮やかな祭日の「コハ」を着ている、よその土地からやってきた人びとはそれを見て、ここがカラブリアの、アルバレシュの村であることを思い出す。私のそばには母と妹だけがいる。茶色いジェラートのしずくが地面にぽたぽたと垂れている。父さんは、私の少年時代の行列のなかにまぎれて消えた。

行列のあいだずっと、息子は私の手を握っている。四十年が過ぎたが、聖アントニオは昔のまま、体は軽く優しい笑みを浮かべている、白ユリはいまもかぐわしく香り、成長することを望まぬようなばら色の赤子は、聖人の腕のなかで幸せそうにしている。村の周辺も、往時のまま変わりない。季節を問わず風の吹きつける山頂をつたって、迷宮のような路地が下りたり上ったりを繰り返している。けれど中身はからっぽだ、片時も休まずに果肉の大部分を、いちばんおいしいところをむさぼってしまう、容赦のないうじ虫に食い荒らされた栗のように。息子はもちろんそのことに気づいていない、まだ八歳なのだ、楽団のあとを楽しそうに歩き、広場ではチョコレートのジェラートを所望《しょもう》する。

五十年代の終わりから、移住によって村はからっぽになっていった。最初の旅立ちを想起すると、ピントの合っていない夢のような光景が浮かぶ。広場には、クロトーネ行きの郵便車を待つ最初の移民たちがいる。聖アントニオの祭日のように着飾っているが、そこに聖人の姿はない。もちろん楽団も。けれど行列はあった。母親、子ども、妻、親戚、友人、野次馬が、ぞろぞろとやってくる。誰も笑っていない。私の父は祭日用の白シャツを着ていた。

ジェラートで汚れている息子の手をハンカチでふいてやる。もう片方の手を私の手のなかに包みこむ。あまり強く握ったものだから、息子が驚いて私を見つめる。行列が進む道路は、いまではタールやセメントで舗装されている。人びとの顔つきは、四十年前から変わっていない。娘や息子は母や父に、母や父は祖母や祖父になっている。私の父のような老いたジェルマネーゼは引退して故郷に引きあげ、いまはその子どもたちが遠い土地で働いている。かつての祖母や祖父は、もういない。祭日の「コハ」は、それを着ていた婦人《ソニア》もろとも、ほとんどが姿を消した。村の伝統では、故人のもっとも高価な衣服、すなわち花嫁衣装である「コハ」を、遺体といっしょに埋葬することになっていたからだ。かつての父のような、当惑するよそ者の眼差しで、私は行列を眺めている。息子は私と目が合うと、こちらの当惑を察して慰めようとするみたいに、私に笑いかけてくる。北から戻ってくるたびに、思い出がひとつ増え、昔からの習慣だった身ぶりがひとつ減っていることに気がつく。

行列のなかには、故郷のカルフィッツィを離れ、北イタリア、スイス、フランス、ベルギー、そしてとりわけ、ドイツで働いている人びとの顔が見える。ふだん、私たち移民は夏かクリスマスに帰郷するが、事情が許すのであれば、六月なかばに行われることの多い選挙に合わせて、聖アントニオの祝祭のために帰ることもある。村へ帰った移民たちは広場や路地、改築が済んだ自宅の外壁、石のあいだからキンギョソウが咲きこぼれる古い壁を、新鮮な気持ちで眺める。行列にはそういう効用もある。群衆のなかの「名無し」のひとりとして村をまわり、故郷の風景の見どころをチェックし、好きなだけ眺めていられる。これまでの人生で、教会のなかに入ったのは結婚式の日だけというジェルマネーゼの男たち女たちも、行列に加わっている。それは、痛みなしにふたたび故郷になじむための方法だった、移民は自分にこう語りかける、お前は戻ってきて、また自分の影といっしょになった、お前はここにいる、お前が履《は》いているブランドものの靴で、故郷の土をなでている。

その場に居合わせることができないなら、移民は祭りのためにカネを送る。暮れ方、教区司祭が仮設のステージにあがり、カネを送ってきた移民の名前を読みあげる、広場にいる祭りの参加者は、とどまる者、帰ってきた者の務めとして、熱心な拍手を送る。ときどき、ごく少数の村人しか知らない名前が、ステージから聞こえてくることがある。メリカーノ（アメリカ大陸への移住者」の最後の世代だと私の父が説明する、生身《なまみ》で村に帰ってくることは二度とない、アメリカやアルゼンチンに暮らしはじめてもう半世紀になる、それでもあの人たちは、故郷を発った日のことを忘れていない、交わした約束、「ベサ」を忘れていない。

　父が続ける、お前のじいさん、その子にとっての曾祖父さんも、メリカーノだった。善き《メリカ》・アメリカ《ボナ》に、二度も旅立っていった。旅行かばんには聖アントニオの小さな像が入っていた、危険でいっぱいの大西洋をつつがなく渡りきるため、聖人の加護がありますようにと、ほかのみんなと同じように願かけをしてたんだ。六月十三日ぴったりに、郵便でカネを送ってきた。やがて村に帰ってきて、以後はここにとどまることに決めた、だが惜しいことに四十八歳で、ただの肺炎で死んじまった。当時の父はまだ四歳にしかならない子どもだった、つらい思い出のせいで悲しくなり、父は孫から視線をそらす、涙にうるんだ目を見られたくないから。父がなおも続ける、それ以来、祭りの日にジェラートを買ってくれる人はいなくなった。父は子どもながらに、自分を残していなくなった父親に怒りを抱き、行列のさなか、聖アントニオの背後にひょっこり父親が現れるように祈っていた。そのころはまだ、死んだ者は永遠にいなくなってしまうということを知らなかった。

　楽団が演奏を再開した。いまなお心をひりつかせている悲しみをぬぐい去るため、父が硬い手で顔をこする。それから話題を変え、メリカーノの送金のおかげで、カルフィッツィにおける聖人の名声はいっそう高まったのだと解説する。ほとんどの住人が農業を生業にしていたころ、つまり、六十年代のはじめまで、そしてときにはそれ以後も、干ばつによって多くの家庭が困窮に追いこまれると、人びとは聖アントニオに執《と》り成《な》しを請い、一日でも早く雨が降り作物が収穫できますようにと祈りを捧げた。聖人像が担ぎ出され、田園地帯の道々を行列が練り歩いた。聖人の唇には、信心の篤《あつ》い村人がいわしの塩漬けを置く慣《なら》わしだった。抑えがたい渇きをかき立て、雨で喉をうるおしたくなるようにするためだ。異教的な、土着の風習であることは間違いない。だが、ものの数時間後には雲が空を覆い、どしゃ降りの雨が降りはじめた。いわしの塩漬けを取り除かれ、きれいにふかれた唇がきらきらと光る聖アントニオは、ヴァシャリアの突き当たりにある、自身の小さな教会へ運び戻された。

けれどかつては、村でいちばん見事な祭礼と言えば、カルフィッツィの守護聖女である聖ヴェネランダの祭りだった。父が言うには、世代を超えて語り継がれる物語を、村はまだ忘れていなかった。空のように青いマントを身につけ、胸に大きな本を抱いた堂々たる聖女の像は、アルト・クロトネーゼに属すアルバレシュの三つの村、カルフィッツィ、サン・ニコラ・デッラルト、パッラゴリオへ続く三叉路《さんさろ》にさしかかったとき、その頭をカルフィッツィの方角に向けた。当時、周囲のどの村よりも美しかったカルフィッツィを、みずからの棲《す》み処《か》、みずからの故郷、みずからの教会とすることに決めたのだ。

私の父は、聖ヴェネランダの祭りを運営する側の人間だった。当時はろくにカネがなかったのだと、父が私の息子に語って聞かせる。父や父の友人たち、やがて村を出ていく定めにある若者たちが、脱穀の季節に村や麦打ち場をめぐり歩き、わずかな寄付金をかき集め、小麦を譲ってもらい、それをよその土地の業者に売る。そうして得たカネで役者を呼び、数日のあいだ、広場で夕方に芝居が見られるようにする。

私が覚えている最後の役者は、六十年代はじめに村にやってきた劇団の面々だ。残念ながら、父はこの劇団を見ていない。地面の下で死ぬのは嫌だからとフランスから戻ってきた父は、空が開けた場所、道路工事現場で働くために、すでにドイツへ発ったあとだった。劇団には舞台役者だけでなく、軽業師、ピエロ、手品師、歌手、演奏家もいた。日中は、感じの良い客人という立ち位置で、行列のあとについて村をめぐっていた。毎回、顔はマドンナ、肉体はソフィア・ローレンという具合の女優がいて、目の前をその女優が横切るたびに、私たち村人は息を呑んだ。

行列はときおりほどけ、なかなか見かけない日陰のなか小さなグループにわかれて休息をとる人びとが、ギウハ・エ・ザマレス、私たちの心の言葉で、ぺちゃくちゃとお喋りする。もうひとつ、ギウハ・エ・ブカス、パンの言葉――祖父にとってはアメリカ語《メリカーノ》、父にとってはジェルマネーゼ、私にとってはとくにイタリア語――が、遠くから聞こえる調子外れの鐘の音のように、ときどき耳に響いてくる。酷暑のせいでアスファルトがやわになっている。

祭りの盛装が皮膚にはりつく。息子の手が、私の汗ばむ手を握っている。息子の手はひやりと冷たい、この手は強いられた別離を知らない。

「市民プログラム」の係員が、毎年お決まりの夕刻のショーを準備している。バンドの演奏を背景に、ミニスカートをはいた女性たちがダンスを踊る、テレビの下手な真似事だと、あきらめ顔の父が言う。

息子が期待のこもった声で問いかける。「おじいちゃん、どうして役者さんたちは戻ってこないの？」父はあけすけに言い放つ。「連中は死んだからだよ！」もし父が、俺たちの青春は死んだからだよと答えても、息子には理解できなかっただろう。

若いころ、七十年代に入るまで、私はあらゆる行列に参加していた。三月は聖ヨセフ、聖金曜日〔復活祭の前の金曜日〕は悲しみの聖母、五月はカルメル山の聖母、キリスト聖体、聖ローザ、六月は聖アントニオ、七月から八月にかけては聖ヴェネランダ、十二月は聖ルチアと聖処女マリア、クリスマス前夜は赤子キリスト。女の子のそばで過ごし、人前で、祈禱《きとう》と無垢なほほえみの合間にお喋りしたいと願うなら、祭りの行列はけっして欠かしてはならない機会だった。像の運び手と交代することもあった、背中に絹のハンカチを当てて、石膏像をしっかり担いだ。

聖アントニオと聖ヴェネランダを別にすれば、聖人像に付き添う村人の数は多くはないし、祭りは行列のあいだだけしか続かない。それでも、私たち子どもは次回の行列をじりじりと待ちこがれた。聖金曜日の晩、悲しみの聖母の行列では、群衆から発散される嘆きが骨まで染み入ってくるようだったが、そんな行列でさえ待ち遠しかった。瞳に苦しみをたたえている黒いマントの聖母が、喪服を着た五人の女性に運ばれて行列の先頭を進む。運び手は息子や、夫や、若い父親を喪《うしな》った女たちで、悲しみの聖母と同じように涙を流し、悲嘆に暮れている。そのうしろを、白髪の寡婦の行列がよろよろとついていく。これは一種の葬儀といえる、棺こそないものの、多くの場合は楽団が、すべての行程が終わるまで葬送行進曲を演奏する。私たち子どもはこの行列を見て身震いしていた。

クリスマス前夜には、聖ヴェネランダ教会の正面の庭で盛大な炎を燃やす。村全体がそのまわりに集まって体を温め、お祝いの言葉を交わす。その炎に点火する直前、一年で最後の行列が出発する。赤子イエスがつるの籠《かご》に入れられて、まだ誕生する前から、教会周辺の路地をぐるりとめぐる。

私たち大人の記憶のなかでくねくねと曲がりくねるすべての行列が、移住した父親たちの旅立ちと帰郷のように、北で父親たちが製造していた時計のように、かつての日々のなかで時間に切れ目を入れていた。

突然の発砲が私を現在に連れもどした。行列が終わったという合図だ。聖アントニオは担ぎ手といっしょに自分の教会に入っていく、楽団は教会正面の庭の奥で最後のマーチを奏で、行列に参加していた人たちは下り坂に沿って人垣を作っている。上から見下ろすと、昔とくらべてずいぶんと人が減ったことがわかる。

「でもな、俺たちの村は、大きな世界で行列を作ってる最中なんだ」私の父が、たくみな比喩を用いて言った。今年、一年生として村の小学校に入学したのは、女子ひとりきりだった。カルフィッツィの子どもたちは、別の土地で生まれている。

「たぶん、村は笛吹きの魔法使いのあとについていってるんだろうな」父が私の息子を慰める。「大きな世界をあちこちめぐり歩いたあとで、次の祭りに合わせて帰ってくるさ」

はじめての帰郷の祭り

俺たちは決めた、帰郷は祭りだ。私は言った。ジーノとエルコレがうなずき、ほかの友人もそれに続いたが、全員ではなかった。私たちは広場にいて、バール・ヴィオラの店先に腰かけていた。何人かは笑っていた、皮肉のこもった、臆面のない笑いだ。

わかってるよ、そんなふうには思えないよな、私は言葉を継いだ、俺たちは純真な子どもじゃない、これまで百回は帰郷してきたし、この先も、ことによったら、百回の帰郷が控えてる。それでも、帰郷は祭りだって決めたんだ、この村は俺たちの村でもある、帰ってくるのは短いあいだだけで、もう二度とこの土地で暮らすことはないかもしれない、わからないよ、未来がどうなるかなんてわかりっこない。魔法使い、いかさま師、政治家どもは、相変わらず仕事を作りますって請け合ってるけどな、移住はいまや過去の傷痕です、未来はばら色です、未来はあなたたちのものですとかなんとか言って。

ああ、もちろんそうだよ、エルコレが言った、未来は俺たちのもの、すくなくとも、俺たちの子どものものだ、だけど俺たちは未来だけじゃなくて「現在」も欲しいんだ、夏の浜辺でジェラートを味わうみたいに、「現在」を楽しみたいんだよ、でなきゃ溶けちまう、足もとにぽたぽた垂れて、熱い砂に飲みこまれちまう。

要するに、俺たちは帰郷を祝いたいんだ、ジーノが言った、帰郷の祭りを企画して、楽しくやろう、私が言い添えた。

ほぼ一斉に、不服の声が湧き起こった。ジェルマネーゼふたりはこう言った。なにが祭りだよ、ここで暮らすために戻ったわけでもないのに。数週間もしたら、俺たちはまた発つんだぞ。俺たちからすれば、帰郷は痛みでもある、祭りなんて気分じゃない、帰ってくるなり発つときのことを考えなきゃならないのに、帰郷の良い面ばっかり見てられるか。

地元で働いている男、正規のポストに就いてしっかり稼いでいる友人が、お前らのアイディアは噴飯《ふんぱん》ものだと吐き捨てた。やつは言った、お前らは一か月足らずをここで過ごす、海に行って、タマをすすいで、豚みたいに飲み食いして、それでまた発っていく、俺たちのことなんざどうでもいいんだ。こんなことを続けてたら、三十年後には村は消えてなくなるぞ。いまじゃここに残ってるのは八百人もいない、いっときは千四百人いたっていうのに。次の帰郷じゃ、お前たちを出迎えるやつはもういないよ。帰郷の祭り？　なにばかなこと言ってんだ、準備しなきゃならないのは村の葬式だろうが！

その話が、いまどう関係ある？　お決まりの繰り言、泣き言が、俺たちとどう関係あるんだ？　俺たちになにを期待してる、奇跡を起こしてほしいのか？　どれだけのあいだ、村の経済に有り金をつぎ込んできたと思ってる？　夏やクリスマスや復活祭に俺たちが帰ることは、村の延命にひと役買ってきたんじゃないのか？

次々と反論が飛んできた。すさまじい口論になった。取っ組み合いの喧嘩にならなかったのは、単純に、私たちが子どものころからの友人同士だからだ。

でもな、いいかお前ら、俺たちの考えは変わらないぞ。俺たちは帰郷の祭りをやりたいんだ、俺たちの手で、わかるか？　聖アントニオや聖ヴェネランダの祭りみたいに、ほかの誰かが企画してくれるのを待つんじゃない。俺たちは聖人の石膏像じゃないんだ。俺たちは外で、ここから遠くで、一年中働きづめの労働者だよ。義務感からくる、形だけの「おかえり」とか、長ったらしい無駄話を聞きたいんじゃない。自分の腕で故郷の村を抱きしめたい、ここに残った人たちに会いたい、残った人たちも「俺たち」なんだ、向こうも俺たちもみんな、ときどきそれを忘れてるけどな、この土地に残っているのは俺たちの親戚や、かつての友人や、ヨーロッパのあちこちにちりぢりになった家族の切れ端だ。つまり、俺たちはこの村を手放したくない、だけど北の町や村を手放すのも嫌だ。その方がいい、俺たちはその方が、欠けたところのない人生をしっかりと生きられる、いくつもの土地に根を張って、がっしりした枝を伸ばして、そこかしこにうまい果実を実らせる立派な木みたいに。

ここまで言い終えると、何人かはその場を去り、別の何人かはバールの店内に入って全員分の会計を済ませた。祭りの企画のために残った者は多くはなかった、私たちの考えにみなが賛同したわけではないし、地元の連中は仕事で疲れ切っていた、夏場なだけになおさらだ。けれど私たちは、ありあまる活力に満ちている。たぶん太陽のおかげ、ほとんど毎晩食べている辛い唐辛子のおかげ、海への飛びこみのおかげだろう。あるいは、私たちが強情だからか。帰郷は祭りだと私たちは決めた、なら今夜から始めよう、スポーツ、文化、レクリエーション、演劇や音楽の、わくわくするようなプログラムを考えよう。アイディアはいくらでもあるし、予算はどうとでもなる。

忘れられない祭りになるぞ、いつもどおりの熱を込めてエルコレが言った。

私が応じた、さしずめ「帰郷の祭り」だな。

じゃあ決まりだ、その名前でいこう。のんびりしてる場合じゃない、あと三週間したら、俺たちはまた発つんだから。

私たちのひとり、永遠に故郷へ帰った、
ペペ・イアンノーネの思い出に捧げる。

まずは、生きる

いちばん人数の多い集団は、五月のとある一日にやってきた。あの日のことはよく覚えてる、午前中にキリスト聖体の祭りがあった日だ。行列のあいだ、モウズイカの小さな黄色い花がイエス・キリストに向かってまかれ、通りにはまだその花が散らばったままだった。どうして花が散らばっているのか、この人たちにはわからなかった。嵐の前に雌犬がするように、空気のにおいを嗅いでいた。私たちはおずおずとそれを真似た。なんのにおいもしない、悪臭も芳香もない、ほんのときおり、ニワトコや、ふみしだかれてぐしゃぐしゃになった花の香りを、涼しい風が運んでくるくらいだ。向こうがなにを嗅ぎとったかはわからない、妙なにおいだと感じたのか、鼻を空に向けてひくひくさせている。恐ろしい夢から覚める瞬間にやるように、素早い動きであたりを見まわしている。周囲をひととおり眺めたあと、夢うつつの眼差しが、私たちの視線と交叉した。

はじめは、アーモンド形の黒い瞳をした東洋人らしい若者と、その友人と思しき、歯磨き粉の宣伝にも出られそうなくらい歯が白い青年が笑いかけてきた。それから、ほかの人たちも笑みを浮かべ、私たちも笑顔で応じた。けれど私たちは、というより、私たちのうちの何人かは、向こうの笑顔の裏側に隠れているものを見逃さなかった。くたびれ、戸惑い、傷ついた目つきだった。黒々とした瞳が、いくぶんにごった光を発散させている。粘土と汚れた水を混ぜ合わせたような、吐き捨てられた怒りを恐怖と混ぜ合わせたような、私たちが知らない悲しみを希望と混ぜ合わせたような、そんな瞳だった。

「いや、俺は知ってるぞ」私たちの側《がわ》から声がした、数年前からこの村で働いているルーマニア人移民のなかのひとりだ、建築現場で人足《にんそく》をしたり、畑で農作業を手伝ったりして生計を立てている。

「俺もだ。すっかり同じじゃないが、似たような目を見た覚えがある」興味津々に眺めていた年配のジェルマネーゼが言った。「それどころか、ルートヴィヒスハーフェンに到着して真っ先に面食らったのが、アネリーノのばかでかい工場が立ってたあたりの、空にただよう嫌な臭いだった」

「俺も覚えてる、そっくりだよ、怒りでいっぱいの曇った目つきが、まわりの人間を怖がらせる……」

「いいや、俺は怖くなんかなかった、だけど迷子になった気分で、後悔して、次の日にはもう引き返したくなった。幸運だったのか不運だったのか、その両方だったのか知らないが、ルートヴィヒスハーフェンには三十二年もとどまることになって、空気のなかを漂う毒も、アネリーノの工場も気にならなくなった、ここで自分の香りと再会するまで、俺の鼻はずっと不感症のままだった」

皮膚をつねられるような嫌な感じの正体は、こういうことだった。彼らを見ていると、昨日まで、あるいは昨日の昨日まで、自分たちが何者だったのかということを思い出してしまうのだ。私たちは、どうにかしてそれを忘れようとしている。なぜなら、その記憶のせいで、いまなお苦しい思いをしているから。

ああだこうだと喋っているうちに、向こうが私たちの前を通りかかり、もう一度こちらに向かって笑みを浮かべた。言葉はひとことも発さなかった。たぶん、というか確実に、私たちの言葉を知らないのだろう。

二十人ほどの集団だった。近くからだと、青年たちは二十歳以下か、もっと若いようにも見えた、軽やかですばしっこそうな体をしているが、私たちの目では、顔つきから年齢を推《お》し量《はか》ることはできなかった。

集団は公立の幼稚園のなかに入っていった。そこは何年も前に閉鎖されていた、私たちの土地ではもう、めったに子どもが生まれないから。地元の自治体はただちに、施設の名称を「収容センター」に変更した。

「着いた次の日、センター出た、広場で散歩した、みんな僕ら見て話してた、でもまだイタリア語わからなかった。僕らあいさつした、ボンジョルノ、チャオチャオ、ボナセーラ、それしか言えない。そのまま歩いた。前はいつも悲しかった、家族会いたい、友だち会いたい、家の空気、ぜんぶ恋しい。すぐにセンター帰った。ここでイタリア語の学校通いはじめて、あなたたち、良い人たちと話せるようになった」

ひとまず、親しい間柄となった私たちに、先陣をきって打ち明け話をしてくれたのは、見た目が東洋風の青年と、歯が真っ白な相棒だった。言葉数は少なかった、それはそうだ、彼らの経験はむき出しで酷薄だから、そして私たちは、わずかしか光の当たっていない鏡を覗きこむように、彼らの人生を垣間見《かいまみ》た、そこに映っているものを捉えるには、瞳を目いっぱい見開かなければならなかった。

「父さんは敵に殺された、警察の仕事してた、敵がたくさん、政治のせい、ここよりもった腐った政治、そしたら叔父さんが父さんの仕返しした。くそったれの敵殺した、ぼくのとこ来て、いっしょに来いって母さんに言った、だけど母さん、もし逃げて、喉切られることすごく怖くて、だからぼく捨てられて、ぼくは大好きな叔父さんと逃げた。ぼくは六歳、アフガニスタンの僕の町からイラン行った。そこで学校行って、年寄りの手伝いして簡単な仕事した、ちょっとだけ稼いで、十二歳で石とか砂とか手で運んで、大工の手伝いの仕事した、きつかった。十六歳で、やさしい叔父さん五千ドルくれた、逃げてイタリアで自由になれって言われた、良い人たちだからって、ここはいつも戦争で死ぬかもしれないって。だから千八百ドル払って、カネもらった業者がぼくら助けて、まず車乗せて、国境のそば歩いた、人がたくさん、四十五人、業者が前で、一か月業者についてって、パンなくて水なくて死ぬ人いて、砂漠に置きざり、空の下冷たい土のうえで一か月寝て、逃げた僕ら殺すって兵隊見張りしてるから危なかった。とうとうトルコついて、ギリシアまであとちょっと、旅の仲間六人と話して、丈夫なゴムボート買った、ひとり千九百ドル。良い夜待って、オールでこいで、おもいきり腕振って進んで、ずっと進んで、ギリシアの島まで行って、夜十二時三十分から朝八時まで、ぶじに着いた、骨までびしょぬれ。そこにまた別の人いて、その人にもカネ払って、船に乗ってたんす積んだトラック行って、僕はたんすのなか隠れた、イタリアまで黙ってた、バーリの港で自由になった、ようやく。いま、ぼくはちょっとしかおカネない、旅でほとんど使った、友だちが電車乗ろうって言った、クロトーネの警察行こうって。僕ら未成年、戦争から逃げた、友だち話した。クロトーネの人たち、すぐ空港そばの収容所にぼくら連れてって、一日と半日してここに、カルフィッツィに着いた。五月二十一日だった」

あの日から、かつては幼稚園でいまは収容センターとなった施設に出入りする人たちを見かけるようになった。大きな建物で、広々としていて、たくさんの部屋がある。砂利敷きの庭は開放感があり、そのまわりはコンクリートで固められ、鉄の柵が周囲を取りまいている。通りを隔てた正面には、オリーブの木とジェルマネーゼの車庫があり、その背後に、茨《いばら》、樫、オリーブの段々畑、無花果《いちじく》の木、野生の洋ナシ、松、オークの巨木で埋めつくされた渓谷が開けている。遠くへ視線を向けると海があり、雨が降ったあとは群青に見え、靄《もや》を切り裂く風が吹きぬける。

「あいつらにとっちゃ、五つ星ホテルみたいなもんだろうな」私たちのあいだには、妬みからこんなふうにぼやく者もいた。「俺たちは、故郷や外国で自分の人生を犠牲にしてきた。あいつらは俺たちの土地に来て、銀の皿に載った食いものを出されて、俺たちのカネでぜいたくしてるってわけだ」

「村の失業者を収容した方がいいんじゃないのか」村にやってきた外国人集団から、早くも個人的な利益をせしめている政治家がいると、訳知り顔の友人が言った。

別の友人がそいつを黙らせた。「お前ってやつは、無知なうえに差別もするのか。寝起きしてるのが俺たちの土地でも、カネはよそからもらってるんだ。骨折りが大嫌いで、ジェルマネーゼのじいさんたちの年金で生活してるくせに、知ったような口叩くなよ」

また別の友人が付け加えた。「戦争中の国から来たって話、聞いてなかったのか？　収容されてる人たちのうち、男はみんな未成年だ。父親か母親か、その両方がいない場合もある。

女は夫に死なれたり、旅の途中で兵士から暴行されたり、年端もいかないうちに子どもを産んだりしてる。頼むから、ちょっとは敬意ってものをもてよ」

「〈ちょっと〉じゃない、〈たくさん〉の敬意がなきゃだめだ」連帯の熱気の波に乗って、さらに別の友人が言う。「俺が思い出すのは、燃えるアルバニアからここにやってきた俺たちのご先祖さまだ、故郷にいたら兵隊に殺されたり、牢獄で死んだり、飢え死にしたりするかもしれなかった人たちだよ。俺の言ってることが間違ってたら訂正してくれ」

「さすがに、五世紀も前の歴史とくらべるのはむりがあるんじゃないか」北イタリアであくせく働いている大卒の友人が言った。「でも、たしかに、根底にある苦しみは同じかもしれないな。生まれた土地を捨てるよう強いられたら、自分の肉をむしりとられるような感覚がするはずだよ。その傷が、簡単に癒えるはずがない」

　私たちの多くが同じように感じていたが、うまく言葉にすることはできなかった。収容センターのなかにいる人たちだって、言葉にはできなかっただろう。もっとも、センター内にある学校に通っているおかげで、この人たちも多少はイタリア語が話せるようになっていた。何人かは、中等学校の第三学年に相当する授業を受けている。それでも、彼らがほんとうのところなにを感じていたのかを理解するには、途切れがちに語られるその言葉に、真剣に耳を傾けさえすればじゅうぶんだった。

「やさしい叔父さん恋しかった。ぼくみたいな子が父さん母さんいっしょにいて嬉しそうなの見て悲しくなった。いま、ぼくはひとりで寝て、家族いなくて、母さん、父さん、叔父さんといっしょのときどんなだったかよく思い出せない、まだすごく小さかったから。楽しかったってこと覚えてる。いまはつらい、考えすぎる、すごくたくさん考える、ひとりで怖い。いつかの朝、背中の骨が抜けた、ぼくはそのまま、誰もいなくて、めちゃくちゃ気分悪くて泣いて、壁にぶつかって思い切り押した。それから外で友だちと出かけた。いまは、ここはそんなひどくない、でも村は小さい小さすぎ、外行くとみんな、センターで習った言葉と違う言葉話してる。なんでかわからない、僕は歴史なにも知らない。いまは友だち手伝って蜂の仕事してる、はちみつ作る、僕は自然好き、ここは森がたくさんでずっと緑、動物の絵描くのも好き。動物の方が人間より良い、人間は殺すために殺す、頭おかしい。ぼくは赤しか絵の具もってない、でも大きいチューブだからラッキー、赤の動物描く、きれいなやつ、ここの動物と、僕の土地の動物」

夕食前の一杯のために、私たちはパブに集まっていた。青年が話すのをやめると、もうひとりが語りはじめた、自分の経験もだいたい似たようなものだが、すっかり同じというわけでもない。自分の場合、八歳でアフガニスタンからパキスタンに行った、レストランで働くためだった、八歳、まだ八歳で。父親は戦争に行っていて不在だった、爆弾が恐ろしくて学校には行けなかった。四年にわたって、目にもとまらぬ速さで皿の山を洗いつづけた、そして故郷の村に戻った、雇用主からひどい仕打ちを受け、ろくに給料も払ってもらえなかったから。みじめだった。言葉の上では戦争は終わった、だが、路上での暴力、爆弾、テロ行為は終わらなかった、一般市民が行き交う町角で、自動車やテロリストが爆発する事件がたびたび起こった。まずは、生きるんだ、父親からそう言われた。「それで父さんは俺が発つ準備した。旅はさっきの話と同じ。悪いやつにたくさんカネ払って、まず車で、それから歩いて、それから海出た、でも俺は船でトルコ行った、五日間塩水しか見なかった、百七十五人がぎゅうぎゅうで、太陽の下で汗かいて、黒い空の下は寒くて。船はランペドゥーザ着いた、昼も夜も水なしで、みんな生きてたけど具合悪かった。ランペドゥーザは港しか見てない、次の日の移動は楽でカルフィッツィ着いた、鼻のなかに、知らないにおい、でも良いにおいしてびっくりした、五月ののんびりした日のにおい」

ともあれ、あの日以降、五人の妊婦を含む二十三名が、私たちの村で暮らすことになった。出身地はイラク、アフガニスタン、エリトリア、エチオピア、トーゴ、ガーナ、ニジェール、パキスタン、パレスチナ、エジプトだった。好奇心でいっぱいの四十六の瞳が、そんな境遇にもかかわらず、控えめに笑みを浮かべている。グループを作って外出している、若い女性はベビーカーを押したり、巻き毛の赤ん坊を胸に抱いたりしている、鮮やかな色合いのアフリカの服を着て、とくに祭りや行列の日には、かならずセンターを出て見物に来ている。若者たちはサッカーをしに運動場に来る、彼らのキックは強烈だ、若いころの私たちにも引けを取らない。たまに、私たちは彼らに試合を申し込んだ。「カルフィッツィ」対「残りの世界」、勝つのはいつも私たちだった、それもそのはず、彼らのシュートには敵意がこもっていなかった、私たちに怪我をさせるのが怖いのだ。晩になると、外出している収容者のうちの何人かがパブに来て、テレビでいっしょにサッカーの試合を観戦した。

　時とともに、グループの顔ぶれは変化していった。誰かが成人して別の土地に移ったり、仕事を探して北へ発っていったりしたからだ。私たちや、私たちの子どもと同じだ。この人たちのおかげで小学校の教室は活気を取り戻し、村の住人の一部は用務員、給食の調理員、補助教員、イタリア語教師、そのほか大卒者向けの職にありつくことができた。不平を並べていたのは、希望していたポストを得られなかった者、そして、不平をならべることしか知らないやつだけだ、なにがあっても、たとえそれが良い報せであっても、文句を言うやつはかならずいる、渓谷に茂るいばらのように、私たちの土地は不平家に事欠かない。

　私たちの友人ふたりは成人したあとも村に残った、成人するともうセンターには住めなかった。ふたりのうち、ひとりはセンターでの生活が気に入っていた、自分と同じように、父も母もいない人たちと知り合いになって、自分がしてきたのと同じような経験を聞かせてもらえたから。もうひとりは、センターでの生活は最悪だと言っていた、あまりにも多くの言語が話され、あまりにも混沌として、良いやつもいれば悪いやつもいて、つねにいざこざが絶えなかった。そういうわけで、ふたりはそれぞれ家を借りた、空き家ならたくさんある、掃いて捨てるほどある、しかも家賃はただ同然だ。ふたりは月に百ユーロを払っていた、だが、ひとりは定職に就いているわけではなく、役場で五か月働いたあとは仕事にあぶれていた。いまは生きていくために、優しい叔父さんがイランから送金してくれている。もうひとりは、家族経営の小さな会社で働いている、畑を耕し、牛を世話して、乳をしぼっている。リコッタチーズの作り方なら、私たちよりよほどよく心得ている。月に六百ユーロを稼ぎ、百ユーロか二百ユーロをアフガニスタンの実家に仕送りしている、かつて私たちの土地の移民がしていたように。彼の夢？　まずは、生きること。彼の父親が言っていたように。それから、カラブリアのきれいな娘と結婚すること。

かりそめのエピローグ

足し算の生

けっきょく私は、そろそろほんとうに立ちどまろうという気になった。イタリアとヨーロッパを、上へ下へ、下へ上へと往き来して、つねに居場所を変えつづける「虚空での上下運動」に、私は少し疲れてしまった。私の物語の登場人物たちも、これまで同じ経験をしてきた。終わりの見えない寄る辺なさが、私から彼らへ流れこみ、彼らから私へ還ってきて、その循環の過程で、増水した川の流れのように膨れあがる。

そこで私は、定規とヨーロッパの地図を取りだし、自分が生まれた土地と、かつては仕事のために滞在し、やがては愛着のために私を引きとどめた北ドイツとの中間地点を探してみた。

かかる地理的な計算にもとづいて、私はトレンティーノにたどりついた。けれど、この土地を選んだ理由はそれだけではない。はじめに、なにより私を惹きつけたのは、トレンティーノが位置しているのが国境のそばだという点だった。かつても今も、私はそうした土地を、人と人を分断する場ではなく、人と人の接触を促す場として捉えている。この特権的な場所からであれば、ほどよい距離感と情熱をもって、ヨーロッパの南と北を生き、語ることができる。なぜなら、北と南の双方が、遠く眼差しの先にあり、しかも同時に、この中間の土地に共存して、互いに混ざり合っているのだから。ここなら、ふたつの世界をよりよく見つめ、ふたつの世界の共生と融合である新たな現実を生きつつ、文化的にも人間的にも日に日に豊かになっていける。

けれど、残念なことに、私はじきに気がついた。多くの人びとにとって自身の土地とは、守護し、防衛すべき「小さな祖国」であり、侵入者や外部の世界は、雇用の喪失、病気、犯罪、マフィア的メンタリティといったあらゆる種類の危険をもたらしうる存在として、排除の対象になってしまう。よそ者の脅威を言い立てるそのほかさまざまな決まり文句は、私の経験から言って、私たちの社会におけるもっとも致命的なウィルスにほかならない。

要するに、境界の土地というものは、対峙の場として、すなわち壁や見張りによって区切られた場所として捉えられ、経験されることがある。よそ者がその内部に入りこむことは困難であり、仮に入れたとしても、つらい生活が待っている。けれど、程度の差はあれ、似たような話はどこにでもあるわけだし、自分はドイツでの経験をとおして、あらゆるウィルスにたいするワクチンを接種してきたじゃないか。私は自分にそう言い聞かせた。接触を求めなければいけないのは、部外者の方だ。

まあ、事態はそう単純には運ばなかった。少なくともはじめのうちは。敵意を感じた？　いいや、もっと悪い。私が直面したのは、無関心だった。ワクチンはどうしたかって？　どうもこうもない、無関心に対抗できるワクチンなどないのだから。こうして人は、フレムデ〔ドイツ語で「外国人、外来者」のこと〕であること、よそ者であること、故郷から離れて生きることの痛みを覚える。けれどあのころの私は、痛みの原因をどう呼べばいいのかわからず、それがどんな形をとるのか、痕跡を残すのかどうかもわからなかった。私にわかっていたのは、行き先の土地ではかならず、同じ痛みを感じるということだけだった。クロトーネからハンブルク、バーリ、ローマ、ヴァルテッリーナへ。ビーレフェルトからブレーメン、リューベックへ。ふたたびハンブルクからヴァルテッリーナへ。そしてロヴェレートからフォルガリア、フォンド、サルノニコ、コレド、クレス、トゥエンノ、トレント、マッタレッロ、ベゼネッロへ。ヴァル・ディ・ノンだけでも、いったい何軒の家具つきアパートを転々としたことか。そうした物件の大家さんたちはとても親切で、借り手が南部人であるからといって嫌な顔はせず（そもそも南部人は、とくに教職についている南部人は、感じがよく、礼儀正しい人間ばかりである。南からの移民は浴槽の使い方がわからず、風呂おけのなかでバジリコを育ててしまうという小咄《こばなし》は、南部人をばかにするためのほらに過ぎない）、ひとつ条件を受け入れさえすれば部屋を貸してくれた。その条件とは、夏のあいだは部屋を空けておくこと。そんな、大家さん、当然ですよ、ここで夏を過ごすわけないじゃないですか。僕は夏は海に行きます、泳いで、泳いで、この手で水平線に触れたいんです、僕の心をぺしゃんこにするフレムデと山並みから、解放されたいんです。すると大家さんたちは、よくわかったというふうに首を縦に振った。

けれど、いざ山の上に立ったとき、私は考えを改めざるをえなかった。今まで自分は、山を下から見上げて、息詰まる思いをしてきた。いったん頂上に着いてみたら、そこから見える景色は海辺のそれに、なんら引けをとらなかった。私は山を愛するようになった。

はじめの苦難と偏見を、乗り越えるべきときがやってきた。あるいはせめて、乗り越えようと試みるべきときだった。中間の土地に、私は心から愛着を覚えるようになっていた。私が堪能している景色は、良質な強いグラッパのように私を酔わせた。赤い水面の湖、白く染まった森に映る壮麗な城の影、春には花に、秋には果実に彩られるリンゴの木……

そう、リンゴ。これこそが魔法の言葉だ。「リンゴ」と口にすれば、あとはなにも言わなくても、この土地の人たちの輪に入っていける。収穫時期の数週間は、家族の手伝いのために宿題をする暇がない生徒たちに理解を示し、彼らが授業を欠席しても目をつぶってやる。バールに行けば、リンゴについて語らいつつ、朝早くから白ワインのグラスを傾け、かぼちゃのように大きなリンゴの品評会を楽しむ。そしてある日、こう自問する。いったい自分は、リンゴに囲まれてなにをやっているんだ？　そして、この素晴らしいリンゴの楽園は、自分を待っていてくれるであろうことに気づく。そろそろ別の空気が吸いたい。たとえ、この土地の健康的な空気になんの不満もなく、ここでの生活はいたって平穏であるとしても。あるいは、おそらく、平穏すぎるのが原因なのか。

　およそ七年をトレンティーノで過ごしたあと、私はドイツに戻り、自分の気まぐれを解消するために、教員として一年間だけケルンで生活しようと考えた。そのときはまだ、自分の眼差しが変化していることがわからなかった。在ドイツの外務省が運営する試験に合格した私は、ついに正規のイタリア語教師になった。私は切実な願望を抱いていた。いまだに自分を苦しめている過去を清算し、かつて自分や家族が味わわされた屈辱をそそぎたかったのだ。けれど、私にはできなかった。私は人を、物を、町を、あるときは皮肉な、あるときは平静な、対象から距離をとった眼差しで見つめていた。宙ぶらりんの眼差しだった。それは、境界の土地が私にもたらした眼差しで、ドイツのスーパーの目立つ場所に置かれていたリンゴ（「ヴァル・ディ・ノン産」と書いてある！）さえもが、その眼差しを呼び覚まし、戸惑いというよりも、わずかばかりの郷愁の念を引き起こした。

　おそらく、痛みにも怨みにも欠けたその眼差しのおかげだったのだろう。ある日、私の頭のなかでカチッという音が聞こえ、私の視界が明るくなった。もし、ドイツ人にとって、私がずっと外国人なら。ほかの外国人にとって、私がずっとイタリア人なら。イタリア人にとっては南部人かテッローネ〔南部人にたいする蔑称〕、南部人にとってはカラブリア人、カラブリア人にとってはアルバニア系か、カラブリアの人びとがアルバレシュを指して使う「ギエッギウ」、アルバレシュにとってはジェルマネーゼかトレント人、ジェルマネーゼやトレント人にとっては根無し草なら……私にとって私は、単純に私なのだ。これらの定義すべてを統合した、複数の文化と複数の言語を生きる人間が私であり、たとえもっとも若い部分が、大地にいまだ根づかず宙を舞っていたとしても、私は根無し草でもなんでもなく、むしろ複数の土地に根を広げているのだ。

こうしたことを理屈の上で承知している人びとからすれば、私の言葉は当たり前すぎて当惑を呼び起こすかもしれない。けれど、この言葉を衣服のように着こなし、第二の皮膚と呼べるほどに体にぴったりなじませるには、当たり前どころではない、困難な道のりを歩まなければならない。そうしてはじめて、今までとは違う目でまわりの世界を見つめられる。偏見のないこの新しい眼差しを得てようやく、ここでも、そこでも、あらゆる土地の生を心から享受できるようになる。それはまるで、あなたの瞳の色が変わり、さすがに栗色から青色になるわけではないにせよ、中間の、光に満ちた色合いを獲得するようなものだ。

トレンティーノに戻ったのは、ドイツに越してから七年が過ぎたころだった。七年のあいだ、ケルンで暮らし、何度も列車で旅をして、時代遅れの国境を越え、接続便を待ち、乗るはずの便を逃したかと思えば間違った便に乗り、時間と孤独《フレムデ》をやり過ごしてきた。ついに私は、わが親愛なる中間の土地に帰還し、その美しい景色や、様変わりした友人たちや、相も変わらず勤勉で閉鎖的だったり、あるいは無関心だったりする人びとや、いっそう輝きを増した見事なリンゴたちに再会した。ついでに言えば、「小さな祖国」を愛するいつもの手合いにも事欠かなかった。彼らは前よりいっそう意気盛んで、ロンバルディア平原に散らばる同志たちとともに、どちらかと言えばやはり小さく、けれど金銭と霧には富んだ新しい祖国〔イタリアの政党「北部同盟」が北イタリアに樹立しようとしていた独立国家「パダニア」を指す〕のために、熱心に讃歌を捧げていた。

　私は折に触れて、この種の御仁と議論しようと努めてきた。文化的な視野狭窄《きょうさく》や、彼らの世界観に認められる極端なエゴイズムは措くとして、私はこうした議論から、この人たちは、ほんとうの意味で境界の先へ跳躍した経験は一度もないのだろう、仮にそうした経験があったとしても、目を閉じたまま跳んだのだろう、という印象を得た。なぜなら、目を開けたまま、この跳躍をやってのけた人物は、その瞬間、自分が「他者の他者」になったことに気がつくから。そしておそらく、自身の境界の内部に帰還したとき、かつて横領者と見なしていた他者のことを、新しい光の下で見つめるだろう。ことによれば、その他者との接触を求め、議論を試みるかもしれない。跳躍に次ぐ跳躍を経験すれば、誰しもが気づくはずだ。異なる人びと、文化、言語とのかかる衝突や出会いが、最終的には私たち全員を豊かにするということに。

わかっている。こんなことを書いたところで、壁に向かってゴム球を投げるようなものだ。私はいま、走り抜けるのは困難な道を指さし、そう簡単にはたどりつけない視点について、自分の庭に頑固に閉じこもっているかぎりけっして手に入らない視点について語っている。けれどもう、私は後戻りできないし、したいとも思わない。友人たちよ、私は足し算の生を生きたい。北と南、心の言葉とパンの言葉、私と私、そのどちらかを選ぶよう、誰かに強制されることなしに。郷土愛やら機転やらを強要される返答に、偽善や嘘にまみれた返答に、私は飽き飽きしている。たとえば、親が子どもに投げかける、こんな質問を考えてみてほしい。「ねえ、お母さんとお父さんのどっちが好き?」質問の意味がわからず、あなたはまごつく。ところが、間抜けな大人はしつこく訊いてくる。「ほら、教えて。好きなのはどっち?」二人とも好きなんだ。心のなかで答えるけれど、間違えるのが怖くて黙ってしまう。それに、妹や、お祖父ちゃんやお祖母ちゃんや、親戚のおじさんやおばさんや、友だちのことも好きなんだ。みんなのことが好きなんだよ。

しばらく前から、私はベゼネッロに暮らしている。ロヴェレートとトレントの中間地点、北ドイツとカラブリアの中間地点で、私の生まれた村と同じく小さな中心街があり、私の生まれた村にはない、私のお気に入りの城砦もある。

南を目指す夜の旅のあいだ、光に照らされたこの城がよく目に留まったものだった。まるで、大地と空のあいだで宙づりになっている、いまにも飛びたちそうな空飛ぶ巨大円盤のように見えた。まさしく、私の人生にぴったりの暗喩に思える宙づりの外観のせいなのか、名前も知らないこの城に、私は不思議な親しみを覚えていた。

城が建つ丘のふもとに暮らしはじめてからは、当然ながら、いっそうの親近感を抱くようになった。夜半、私は時おりバルコニーに出て、空飛ぶ円盤がまだそこにあるか確認する。もし、視界から円盤が消えてしまったら、私はひどく落ちこむだろう。その宙づりの眼差しが、私の宙づりの眼差しに出会うとき、フレムデの痛みが、気を抜いていると不意に襲いかかってくる邪《よこしま》な亡霊が、ひっそりと姿を消す。そして、ふとこんな疑問が生まれる。ほんとうは、人が土地を求めるのではなく、その逆なのではないだろうか。

注記

私の物語の物語

はじめて物語を手がけたのは八〇年代、ドイツに暮らしていたころで、移住を強いられることの不公正を告発するために書いていた。どこか別の場所で生きるために、みずからの土地を捨てるよう誰かに強制することは、許しがたい非道であるとかつての私は思っていたし、いまもそう思っている。そういうわけで、自身の経験を一人称で、怒りを込めて書いていった。旅立ちの痛み、ふたつの世界に生きることの難しさ、移住先への同化の問題や外国人差別、異文化の衝突と出会いにいたるまで。主人公は「ジェルマネーゼ」たち、ドイツに生きる私たち移民、つまり、ドイツ人でもカラブリア人でもアルバレシュでもない、その口から語られる言語と同じくハイブリッドな存在だ。

この時期に書いた作品からは、「どこにでもいる、とある移民の物語」のみ採用した。この短篇は一九八四年、私の妻マイケ・ベアマンの翻訳によりドイツ語で発表されたが、イタリア語版の公開は今回がはじめてとなる。私はこの作品を、本書の冒頭「往還のプロローグ」に収録した。同作にはある種の詩学の萌芽が認められるし、ドイツで刊行されたドイツ語の短篇集『かばんを閉めて、行け!(*Den Koffer und weg!*)』(イタリア語による増補改訂版『壁のなかの壁(*Il muro dei muri*)』)や、小説『帰郷の祭り(*La festa del ritorno*)』とのつながりを示す上で、理想的な一篇だと思ったからだ。

本書に収録されたそのほかの作品はいずれも、一九九三年から二〇〇九年のあいだに書かれている。ある長篇と別の長篇の執筆の合間に、二本か三本ずつ、ゆっくりとしたペースで書き継いでいった。形の合わないピースのように、小説の筋から締め出されてしまった「ほんとうの」生の瞬間を、回収したり、深化させたりしたいという欲求が、私を突き動かしていたかのようでもある。

そのあいだ、ドイツ、トレンティーノ、カラブリアを行ったり来たりするうちに、移住の経験それ自体に備わっている豊かさ、肯定的な側面にも気づきはじめた。というのも、複数の文化に生き、複数の言語を話し、新しい視点を獲得し、他者の眼差しをもって生を眺めることは、ひとつの豊かさにほかならないから。

時間の経過とともに魔法が解け、「実人生」と「物語られたフィクション」の境界が曖昧になり、フィクションが現実に、実際の人生が創作に思えるようになったいま、すべての出来事、切迫した思い、ひとつひとつの物語の場所や日付について、正確にたどりなおすことは難しい。私に言えるのはただ、これらの物語が、絶え間ない往還の旅のなかで私に寄り添い、とまることを切望する不安定な独楽《こま》のように、私の人生のまわりを周回していたということだけだ。

ようやく整理の作業を始め、この本の出版のためにひとつひとつの作品を見なおしてみたところ、主題の一貫性に驚きを覚えずにはいられなかった。私的であり、しかも同時に集合的でもある、ただひとつの物語のために書かれた各章のように読めた。それはまた、旅立ちと帰郷によって区切られた歩みであり、大げさに聞こえることを恐れずに言えば、アイデンティティの探求の旅でもある。複数の、断片の、あるいは、よりしっくりとくる言い方を探すなら、足し算のアイデンティティ、それはつねに形成の途上にあり、その本質からして変化や運動に満ちている。それは「なにかに成《な》る」ための歩みのようなものであり、どこへたどりつくのかは自分でもわからない。それでも、歩みをとめてはいけないこと、たえず自分を作り変えていかなければならないことはわかっている。

それこそが、この本を書きながら私が目指していたことだ。おそらくは、アイデンティティの変化や、複数のアイデンティティが絡まり合うことの魅力について語りたい、人生の各段階での歩みに価値を認め、混ぜ合わせ、そのすべてに意味を与えたいという、無自覚の欲求があったのだろう。より深いところに眠っている、集合的な記憶の回収を諦める気はないが、けれど同時に、そうした回収作業はあくまで、それが私たちの「いま」を照らすのに役立つ場合にかぎり意味をもつということも、忘れずにいたい。

謝辞

まずもって、妻のマイケに感謝します。本書に収録されたすべての物語の誕生の瞬間だけでなく、それから現在にいたるまでの改稿の過程にも、彼女は明晰かつ鋭敏な感覚をもって立ち会ってくれました。

貴重な助言を与えてくれたステファノ・テッタマンティ、ジャンナ・ペドラッツォリ、アルヴァロ・トルキオ、ジュゼッペ・コランジェロ、アレッサンドラ・ザーゾに、そして、アルバレシュ語の綴りをチェックしてくれたフランコ・アルティマーリに感謝します。

本書に収録して改稿したいくつかの物語のテーマは、先人たちのさまざまな仕事に基礎を置いています。『アッヴェニーレ』紙に「夏の物語」を掲載していた、フルヴィオ・パンツエリとロベルト・リゲット。執筆の過程でたびたび参照した、ヴィト・テーティ『南を食べる』の各項目。二〇〇四年のナポリ賞の授賞式で、「公正さ（正当であること）」という言葉について深い考察を披露してくれたエルマンノ・レアとシルヴィオ・ペッレッラ。『カトゥッロ・ニュース』誌掲載の「飛んでいる物語」を執筆したロリス・ロンバルディーニ。ひとりひとりにたいして、あらためて感謝を捧げます。

私の故郷の村に暮らし、自分たちの物語を私に聞かせてくれたふたりの移民、ハビブとラザに心から感謝します。

最後に、カルフィッツィからハンブルク、ケルンからベゼネッロにいたるまで、本書で言及したすべての場所に感謝を捧げます。これらの場所の真ん中で、私は足し合わせに生きる術を学びました。

訳者あとがき

「この作品は、アバーテ文学の種明かしだ」。これが、本書所収の表題作「足し算の生」を読んだとき、まっさきに訳者の脳裏に浮かんだ言葉だった。収録されたすべての短篇の翻訳を終えたいま、その思いはなおのこと強まっている。本書『足し算の生』（*Vivere per addizione e altri viaggi*, Mondadori, 2010）には、アバーテ文学のエッセンスが凝縮されて詰まっている。

著者のカルミネ・アバーテは、一九五四年に南伊カラブリア州の小村カルフィッツィに生を受けた作家である。カルフィッツィは、いまから五百年以上前、アルバニアから海を渡ってやってきた移住者たちによって創建されたとされている。こうした共同体やその成員は「アルバレシュ」の名で呼ばれ、南イタリアの各地に点在しているが、その多くはカラブリアに集中している。すでに日本語に翻訳されている長篇のなかでは、『偉大なる時のモザイク』と『帰郷の祭り』（いずれも拙訳、未知谷）が、著者の故郷カルフィッツィを思わせるアルバレシュ共同体「ホラ」を舞台にしている。この二作の読者にとって、本書『足し算の生』は理想的な「副読本」としての役割を果たすだろう。旅立ちと帰郷、移住と郷愁、「旅立つ者」と「とどまる者」の対立と和解、世代を越えて反復される移住の歴史、混淆がもたらす豊かさ……アバーテ文学の「核」とも呼ぶべきこれらの要素が、『足し算の生』の各短篇には明確な輪郭をともなって描かれている。

アバーテの短篇集ということで言えば、二〇二〇年に日本語訳が刊行された『海と山のオムレツ』（関口英子訳、新潮クレストブックス）を想起する読者も多いだろう。事実、同書と『足し算の生』はどちらも著者の自伝としての色合いが濃く、姉妹篇のようにして読むことのできる関係にある。ただし、作品全体がまとう雰囲気や統一感といった面に着目するなら、両作は性格を大きく異にする。「記憶のなかの味わい」という一貫したテーマを軸として、一年足らずの期間で「一気に書きあげた（ho scritto di getto）」とされる『海と山のオムレツ』（原書の刊行は二〇一六年）とは対照的に、本書『足し算の生』に収録された短篇の執筆年代は、一九八四年から二〇〇九年までと、じつに四半世紀に及んでいる。幼少期の思い出の味を懐かしく振り返るとき、『海と山のオムレツ』において故郷は概して肯定的に、幸福感に包まれた土地として描かれるが、『足し算の生』で描写される故郷には正と負のふたつの側面があり、郷愁（nostalgia）という感情の厄介さが強調される。この著者の中心的なテーマ、「移住」にかんしても同様である。『足し算の生』では移住の記憶は、ときとして「怒り」とともに想起されるのにたいし、『海と山のオムレツ』においてはもはや、移住がもたらす痛みや苦しみに焦点が当てられることは少ない。つまり、『足し算の生』に収録された作品群が、移民として生きた自身の（ないし父や祖父の）人生とどう折り合いをつけるかという、著者の文学的格闘の記録であるとするなら、『海と山のオムレツ』は、すでに過去との清算を済ませた著者による、心地よく穏やかな回顧譚としての性格をもっているのである。たとえば、『海と山のオムレツ』には、本書『足し算の生』所収の「アルベリアのコック（*Il cuoco d'Arbëria*）」という短篇が、大幅な増補改訂を施されたうえで四篇（数え方によっては三篇）に分割されて収録されているのだが、その最後の一篇「アルベリアのシェフと秘密のレシピ」では、もともとのバージョン（つまり本書に収録されている版）ににじんでいたほろ苦さが薄められ、大団円と呼ぶにふさわしい幸福な結末が用意されている。興味のある読者はぜひ、それぞれのバージョンを細かく読みくらべて、アバーテの筆致のうつろいに目をこらしてみてほしい。

本書の末尾、「私の物語の物語」のなかで説明されているとおり、『足し算の生』に収録された短篇のなかでもっとも執筆年代が早いのは、一九八四年に発表された「どこにでもいる、とある移民の物語」である。一九八四年というと、この著者のドイツ語による作品集「かばんを閉めて、行け！（*Den Koffer und weg!*）」が刊行された年でもあるが、じつはこれらの作品に前後してアバーテは、ジャンルとしては研究書に分類される著作も上梓している。それが、大学で社会学を修めたマイケ・ベアマン（献辞をはじめ、本書のいくつかの箇所で名前があげられているアバーテの妻）との共著「ジェルマネージ　カラブリアの一コミュニティおよびその移民の歴史と生活」（*I germanesi, Storia e vita di una comunità calabrese e dei suoi emigranti*, Pellegrini, 1986）である。すでに『足し算の生』を通読された読者であればご承知のとおり、ジェルマネージ（単数形は「ジェルマネーゼ（germanese）」で、拙訳ではこちらの形を用いて訳出している）とは「郷愁」や「帰郷」とならんで、本書の最頻出ワードのひとつである。一般的なイタリア語辞典（伊伊辞典）には載っていない用語だが、アバーテの地元では昔から、ドイツで働く同郷たち、ドイツ人からは「外国人労働者《ガストアルバイター》」の名でひとくくりにされる人びとのことを、ジェルマネージと呼んでいた。アバーテとベアマンの著書は、かつて移住を経験したか、いま現在もドイツに暮らしているカルフィッツィの出身者一〇五名にインタビューを行い、移住の経験がもつ意味や、移民と故郷の関係性について浮き彫りにしようとした労作である。先に訳者は、本書『足し算の生』をアバーテの小説世界を理解するための理想的な「副読本」だと記したが、似たようなことがこの著書「ジェルマネージ」についても当てはまる。社会学系の研究書という体裁をまとってはいるものの、同書を注意深く読み進めれば、アバーテの小説とのさまざまなつながりを発見できることだろう。著者自身、「ジェルマネージ」執筆のために行われた百件を超えるインタビューは、「物語、着想、リズム、声の、尽きせぬ源泉」になったと語っている。『足し算の生』所収の短篇「ラプソディア」では、著者本人を思わせる語り手が村のあらゆる路地をめぐり歩いて、古老の口から語られる小唄やおとぎ話を記録してまわっていたが、まさしくこれと同じ情熱をもって、アバーテ（と共著者ベアマン）は、移民の物語・歴史の収集に努めたのである。たとえば、「ジェルマネージ」に採録された次のようなインタビューからは、本書第一部「往還のプロローグ」に描かれる、「どこにでもいる、とある移民」の姿が浮かびあがってくる。

ドイツではなんでも言われたとおりにしなきゃいけない、口をきくのもだめだ。工場で勝手に喋ったら、今日じゃなくても明日にはクビになる。ここじゃ誰もお前を知らない、こんなふうに生きることになんの意味がある？（インタビュー66）

ここでは俺はよそ者だ、こんなことを言われるのが怖いんだ、「この土地になにしに来た？泣き言をならべるなら自分の国でやってくれ！」俺たちは客だ、だから黙ってなきゃいけないんだ。イタリアで味わってたような自由は、こっちじゃ押さえつけておかなきゃならない。（インタビュー65）

そこ〔カルフィッツィ〕で生まれたなら、ずっとそこにいたいと思うのが当たり前だ、空気も食べ物も、向こうの方が混じりっけなしなんだから。（インタビュー86）

もちろん、ジェルマネージのなかには、短篇「レガリテート　正当であること」の語り手のように、移住先の社会の肯定的な側面に目を向ける者もいる。公正さ、正確さ、秩序など、故郷には見られなかったさまざまな美質を、カラブリアの移民はドイツの生活のなかに見いだしている。

俺はドイツ人の働きぶりに感心してるよ、連中は仕事のやり方ってものをわかってる。公正さを大事にしてるんだ、明日また来るようにと言われたら、ほんとに次の日には書類ができてる。ゲーゲンザッツ・デア・イタリエーナー〔ドイツ語「イタリア人とは正反対だ」〕。ドイツ人は

几帳面だ。(インタビュー64)

なかでも興味深いのが、出稼ぎ移民として十年、二十年という歳月を過ごした移民が直面する、苦い現実である。一部のジェルマネージは、移住先のドイツ社会には溶けこめないまま、少しずつ変化(進歩)していくイタリアの故郷からも取り残され、この世界のどこにも自分の居場所を見つけられなくなってしまう。

今日のカルフィッツィはジェルマネージにとって、一方では、かつて彼らが暮らしていた伝統的な村落共同体ではもはやなく、他方で、彼らが移民として日々を「生き」、表面的には適応している現代的な工業社会とも似ていない。〔…〕こうして、ジェルマネージがその内部でもがきあがいている、閉じられた円環が形づくられる。移住先の社会から拒絶され、伝統的な共同体にしがみつこうとするものの、その共同体はすでに彼らの記憶のなかの姿とは異なっており、移住によって変質を遂げた彼らの規範や価値観にも合致しない。彼らは現在という時間の外部、あらゆる現実――ドイツの現実もしくはカルフィッツィの現実――の外部で生きている。彼らは過去と未来を理想化する。それは言うなれば、彼らがカルフィッツィで「かつて生きていた/これから生きるであろう」時間である。

移民は「現在」を生きる術を知らない。これは、アバーテの文学で繰り返し取りあげられるモチーフである。思い出のなかの故郷に郷愁を抱くのは自然なことだし、子どもの未来のために犠牲を捧げることの尊さも理解している。それでも、アバーテや友人たちは、「現在《いま》」を生きる権利も手放したくないと痛切に願っている。「だけど俺たちは未来だけじゃなくて〈現在〉も欲しいんだ、夏の浜辺でジェラートを味わうみたいに、〈現在〉を楽しみたいんだよ、でなきゃ溶けちまう、足もとにぽたぽた垂れて、熱い砂に飲みこまれちまう」（本書一四七頁）。移民として生きながらも、過去や未来に閉じこもるのでなく、現在を生きるべく努めること。本書『足し算の生』に書かれているのは、その実践の過程であるという見方も成り立つだろう。

本書所収の短篇のなかに、アバーテの長篇に描かれているモチーフを探すのは、愛読者にとってじつに楽しい作業である。たとえば、『偉大なる時のモザイク』には「イカ」という遊びに興じる子どもたちが登場するが、本書に収録された同名の短篇を読めばそのルールがよくわかる。カルフィッツィの守護聖女である聖ヴェネランダを奉《まつ》る教会（「村は行列のさなかに」参照）は、『帰郷の祭り』においても重要な舞台装置として機能している。だが、『足し算の生』との結びつきが見られるのは、これら「ホラ」を舞台とした作品だけではない。「言葉だけなら」に描かれるカラブリアの美しい土地と、そこに深く根を張る犯罪組織のコントラストは、『風の丘』や『ふたつの海のあいだで』（ともに関口英子訳、新潮クレストブックス）の物語を想起させるし、故郷の空を黒々と染めるツバメの群れ（「ツバメの空」参照）は、『風の丘』のスピッラーチェにもたえず飛び交っていた。著者の故郷にできた「収容センター」で暮らす外国人移民の姿（「まずは、生きる」参照）は、二〇一八年刊行の長篇「ほほ笑みの皺」(*Le rughe del sorriso*, Mondadori, 2018. 未邦訳)で物語の中心を占める、ソマリア人移民の姿と重なる。すでにアバーテの小説に親しんでいる読者も、『足し算の生』が一冊目だという方も、ぜひこの本を手引きにして、ひとつのモチーフがさまざまに変奏される、アバーテ文学の豊かな響きに耳を傾けていただけたらと思う。

カルミネ・アバーテは二〇一七年、「ヨーロッパ文芸フェスティバル」のために来日し、作家の小野正嗣と対談している。訳者もまた、モデレーターとしてこの対談イベントに登壇した。東京で生まれ育ちながら、名所らしい名所をほとんど歩いたことのない訳者ではあったが、日本での滞在をすこしでも楽しんでもらえるよう、浅草や上野を案内して歩いた。浅草の町を歩いているとき、アバーテは修学旅行生が立ち寄るような雑貨屋の前で足をとめ、キャンキャンと鳴いてしっぽを振る犬のおもちゃを手にとった。そして、自分も子どものころ、こういう人形で遊んでいたのだと懐かしそうに振り返り、それを購入して私に手渡した。当時まだ一歳だった、私の息子へのプレゼントだった。『帰郷の祭り』や『海と山のオムレツ』の読者なら想像がつくとおり、おもちゃの犬は「シュペルティィーノ」と命名された。

『足し算の生』を訳したいと思っていることは、アバーテが来日したときから伝えてあった。早く約束を果たさなければと思いつつ、なかなか仕事にとりかかることができず、けっきょく、こうして形にするまでに七年の時間が過ぎてしまった。それでも、日本語訳の刊行を楽しみに待ってくれていた著者は、原文の解釈について訳者が質問を寄せるたび、いつも快く返答してくれた。アバーテには、長いあいだ待たせてしまったことを申し訳なく思うと同時に、心から感謝している。

未知谷から刊行されるアバーテの拙訳書は、これで三冊目になる。今回もいつもどおり、未知谷の飯島徹さん、伊藤伸恵さんにたいへんお世話になった。アバーテの来日時、ふたりで未知谷の社屋を訪ねたことは、訳者の大切な思い出である。

二〇二三年九月に刊行された雑誌「Ｔｒａｎｓｉｔ」六一号では、「いつだってイタリアが好き！」という特集が組まれ、「アルバレシュの小さな暮らし」と題された、合計９ページにおよぶ記事が掲載された。記事を執筆した菅原信子さんは、アバーテの『海と山のオムレツ』を読んで、アルバレシュの文化に興味を抱いたという。日本の商業雑誌でアルバレシュが取りあげられたのは、おそらくこれがはじめてだろう。イタリアから遠く離れた日本の地で、イタリア人のあいだでさえ広く知られているわけではないアルバレシュの文化にたいする興味、関心が育っているのも、ひとえにアバーテの功績である。同記事には、カルフィッツィにある「カルミネ・アバーテ資料館」を訪ねたときのエピソードも記されているので（カルフィッツィの副首長が案内してくれたらしい）、アバーテの既訳書とあわせて手にとっていただければ幸いである。

二〇二四年三月　佐倉にて

訳者識

Carmine Abate

1954年生まれ。出生地のカルフィッツィ（カラブリア州クロトーネ県）は、南イタリアに点在するアルバニア系住民（アルバレシュ）の共同体のひとつ。南伊プーリア州のバーリ大学を卒業後、ドイツに移住。1984年、ドイツ語による短篇集『かばんを閉めて、行け！（*Den Koffer und weg!*）』を発表し、作家としてデビュー（1993年、同作のイタリア語版『壁のなかの壁（*Il muro dei muri*）』を刊行）。1990年代半ばに北イタリアのトレント県に移住し、現在にいたるまで同地で生活を送る。*La festa del ritorno*（2004年。『帰郷の祭り』栗原俊秀訳、未知谷、2016年）や *Il mosaico del tempo grande*（2006年。『偉大なる時のモザイク』栗原俊秀訳、未知谷、2016年）など、架空のアルバレシュ共同体「ホラ」を舞台にした作品を複数手がけている。2012年、*La collina del vento*（『風の丘』関口英子訳、新潮社、2015年）でカンピエッロ賞を受賞。

くりはら としひで

1983年生まれ。翻訳家。訳書にアマーラ・ラクース『ヴィットーリオ広場のエレベーターをめぐる文明の衝突』、ジョン・ファンテ『満ちみてる生』『塵に訊け』（以上、未知谷）、ピエトロ・アレティーノ『コルティジャーナ』（水声社）など。カルミネ・アバーテ『偉大なる時のモザイク』（未知谷）で第２回須賀敦子翻訳賞、イタリア文化財文化活動省翻訳賞を受賞。

足し算の生

2024年5月13日初版印刷
2024年5月20日初版発行

著者　カルミネ・アバーテ
訳者　栗原俊秀
発行者　飯島徹
発行所　未知谷
東京都千代田区神田猿楽町 2-5-9　〒 101-0064
Tel. 03-5281-3751 / Fax. 03-5281-3752
［振替］　00130-4-653627

組版　柏木薫
印刷所　モリモト印刷
製本所　牧製本

Publisher Michitani Co, Ltd., Tokyo
Printed in Japan
ISBN 978-4-89642-725-7　C0097

カルミネ・アバーテ／栗原俊秀 訳

偉大なる時のモザイク

過去とは現在の記憶であり
未来とは現在の希望である

移住また移住、閉塞した村人達の増幅する憎悪、記憶と希望の錯綜。500年前の祖先の逃走から現代に至ってもまだ終わらない、時空入り乱れて語られる「ホラ」の過去・現在・未来。

第2回須賀敦子翻訳賞受賞！

〈選評より〉
「透明度が高く、きりっとした邦訳」（木村榮一さん）
「アバーテの長編は宮崎駿とル・クレジオを合わせたような長編で、貴重な試み〔……〕優れた訳文」（四方田犬彦さん）
「うるおいと烈しさが心地よく縒り合わされた訳文〔……〕言語的な混淆をも翻訳の冒険として挑み、みずみずしい物語世界を日本の読者に伝えることに成功した本書は、本賞にふさわしい訳業である」（和田忠彦さん）

978-4-89642-496-6　320頁3200円

帰郷の祭り

旅立ちを強いられた者たちの帰郷を迎える炎を前に、父は息子に語り始める。家族の記憶、集団の記憶…。子はそれらを取り戻し、未来へ向かって脇目も振らず進んでいく…。帰郷の痛み、そして歓喜と祝意。

移住先の社会で味わう疎外感が、記憶のなかの祖国の美化につながり、ナショナリズムの培地を生み出す。これは、移住という経験が持つ普遍的な側面のひとつである。……移住はかつてのアバーテにとって、怒りとともに書くべき主題にほかならなかった。けれど著者は、移住をめぐる文学を書きつづけるうち、「旅立ちを強いられた者」の宿命を愛し、認めることを学んでいく。少年の自己形成の物語には、アバーテ文学の深化と成熟が反映されている。（「訳者あとがき」より）

978-4-89642-505-5　224頁2500円

栗原俊秀 翻訳の仕事

アマーラ・ラクース 1970年アルジェ生まれ。幼少期より古典アラビア語、アルジェリアの現代アラビア語、フランス語が併存する多言語的な環境の中で暮らした。アルジェ大学哲学科を卒業したのち、ローマ大学（サピエンツァ）で博士号を取得（文化人類学）。著書多数。

ヴィットーリオ広場のエレベーターをめぐる文明の衝突

二〇〇六年フライアーノ賞（国際賞）受賞
英、仏、独、蘭、波蘭、韓ほか諸外国で翻訳紹介
アルジェリア人の著者がイタリア語で書く、トランスナショナル文学の一級品

978-4-89642-378-5　224頁2500円

マルコーニ大通りにおけるイスラム式離婚狂想曲

スパイにならないか？　アラビア語の能力と地中海風の風貌を買われ、スカウトされたシチリア生まれの男。潜入したムスリム・コミュニティに溢れるイスラーム的日常。友人にも美人にも出会う生活は順調だが……。俺は一体何を探ってるんだ？　テロ・友情・恋愛・離婚に国家の思惑が絡み合う快作！

978-4-89642-382-2　288頁2500円

メラニア・G・マッツッコ 1966年ローマ生まれ。小説家。1996年、『メドゥーサのキス』でデビュー。20世紀初めにアメリカに移住した、南伊カラブリア州生まれの祖父の経験を描いた『ヴィータ』（2003年）で、ストレーガ賞受賞。著書多数。

ダックスフントと女王さま

世界23ヶ国で紹介されているイタリアの人気作家を本邦初紹介。ダックスフントのプラトーネの周りで起こる出来事に、時にオウムが、飼い主が、亀が、互いに想う友達として力を貸す、心なごむ優しい物語。日本版オリジナル挿絵14点。長野順子絵

978-4-89642-427-0　144頁1800円

未知谷

栗原俊秀 翻訳の仕事

ジョン・ファンテ（1909 ～ 1983）

20 世紀アメリカ文学史に特異な足跡を残したジョン・ファンテは、ロサンゼルスにたいするひたむきな愛や貧困と偏見のなかで生きる苦しみを自伝的な筆致で活写した作家である。1909 年コロラド州デンバー生まれ、貧しいイタリア系アメリカ人家庭で育つ。1930 年大恐慌で世界が呻吟していた時代に故郷を発ってロサンゼルスへ。「偉大なる作家」になる未来を夢見ながら、生活の資を得るために足を踏み入れた映画の世界に飲みこまれ、理想と現実の乖離に苦しみつづけた。1980 年代に起きた「ファンテ・リバイバル」以降、アメリカ本国のみならず、フランスやイタリアなどヨーロッパの読者から熱烈な支持を受けている。

ロサンゼルスへの道

執筆から半世紀、施錠された引き出しから、著者の死後初めて発見された「バンディーニもの」幻の第一作にして大傑作

978-4-89642-621-2　256頁2500円

バンディーニ家よ、春を待て

母の祈り、弟たちの寝言、父の罵り。記憶の彼方の家から響くそうした声が、『バンディーニ』という歌を奏でている。（「訳者あとがき」より）

978-4-89642-470-6　320頁3000円

塵に訊け

30年代の頽廃、ビートニクの先駆、所は照りつける太陽と視界を奪う砂漠の塵が舞うロサンゼルス――震え、疾駆し、うなり、転げる生

978-4-89642-715-8　288頁3000円

デイゴ・レッド

帰りえぬ故郷へ帰りゆく旅の軌跡

短篇集（全13篇）／ジョン・ファンテ年譜、著作一覧併録

978-4-89642-451-5　366頁3000円

満ちみてる生

父になる喜びと息子の立場を失う哀しみ、父母と妻、そして新しい命、それぞれの生を成熟したユーモアが包む生の讃歌

978-4-89642-512-3　224頁2500円

犬と負け犬

「永遠の息子」ジョン・ファンテが「父親」の目線で書いた唯一の作品、そして最も愛されてきた逸品。秋田犬も全編にわたって登場！

978-4-89642-599-4　224頁2500円

未知谷